읽고 쓰고 고전시가

읽고 쓰고 고전시가

초판 1쇄 2018년 9월 17일
엮은이 박란경
펴낸이 권경미
펴낸곳 도서출판 책숲
출판등록 제2011-000083호
주소 서울시 용산구 후암동 8
전화 070-8702-3368
팩스 02-318-1125

ISBN 979-11-86342-17-6 43810

이 도서의 국립중앙도서관 출판시도서목록(CIP)은 서지정보유통지원시스템 홈페이지(http://seoji.nl.go.kr)와 국가자료공동목록시스템(http://www.nl.go.kr/kolisnet)에서 이용하실 수 있습니다.(CIP제어번호: CIP2018027487)

*값은 뒤표지에 있습니다.
*잘못 만든 책은 구입하신 서점에서 바꾸어 드립니다.

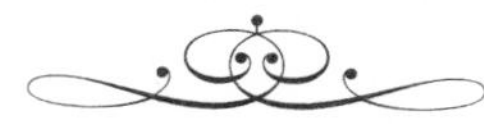

고대가요 ★ 향가 ★ 고려가요 ★ 한시 ★ 시조

읽고 쓰고 고전 시가

박란경 엮음

책숲

차례

일러두기

고전시가 쉽게 읽기

하나. 소리 나는 대로 읽는다(맞춤법 무시).
예) 우러라 우러라 새여

둘. 받침에 신경 쓰지 않는다(딱 2개 'ㄷ'이 'ㅅ'으로 'ㆁ'(옛이응)이 'ㅇ'으로 바뀌었다).
예) 벋(벗) 거동(거동)

셋. 이상한 글자가 보이네. 어떻게 할까? 거부감을 버리고 외워 버린다. 몇 개 안 된다.
•(아래 아) ⋯› ㅏ, ㅡ 로 읽는다.
ㅿ(반치음) ⋯› ㅅ, ㅈ 으로 읽는다.
ㅸ(순경음 비읍) ⋯› ㅂ 으로 읽는다.
ㅼ, ㅄ, ㅺ ... (어두자음군) ⋯› 뒷글자의 된소리로 읽는다.
예) '이화우 흣뿌릴제'

넷. 두음법칙, 구개음화 등 현대문법은 모두 무시한다.
예) '강호에 녀름이 드니'

다섯. 한자어는 아는 글자는 해석해 보고 모르는 글자는 그냥 넘긴다.

기억해 두면 좋을 고전시가 기본 용어

- 괴다 ⋯→ 사랑하다
- 하다 ⋯→ 大, 多 (크다. 많다)
- ᄒᆞ다 ⋯→ 爲 (하다)
- 삼기다 ⋯→ 생기다. 태어나다.
- 녜(예)다 / 녀다 / 니다 ⋯→ 가다. 계시다
- 여희다 ⋯→ 이별하다
- ~셰라 ⋯→ 염려, 걱정
- 혜다 / 혬 ⋯→ 생각, 고민 / 생각하다(헤아리다)
- 도곤 ⋯→ ~보다(비교격 조사)
- 계워 ⋯→ 못 이기다
- 좋다 ⋯→ 깨끗하다 / 둏다(좋다)
- ᄂᆡ ⋯→ 안개

펄펄 나는 저 꾀꼬리
암수 서로 정답구나

고대가요

- 구지가
- 공무도하가
- 황조가
- 정읍사

입에서 입으로 전해지고, 집단의 소원을 빌다

고대가요는 먼 옛날 부족 국가 시대부터 삼국 시대 이전, 향가가 탄생하기 전까지의 노래이다. 농경생활을 위주로 했던 우리 조상들은 농사가 시작되고 끝나는 시기마다 하늘에 제사를 지내고, 춤을 추며, 노래를 부르고 놀았다는 기록이 있다. 부여의 '영고', 고구려의 '동맹', 동예의 '무천' 같은 제천의식이 바로 그것이다. 이렇듯 시와 노래, 음악과 춤이 한데 어우러진 집단 가무적인 원시 종합 예술이었던 고대가요는 점차 개인의 감정을 노래하는 서정시로 발전되었다.

대표적인 고대가요로는 〈구지가〉, 〈공무도하가〉, 〈황조가〉, 〈정읍사〉를 꼽을 수 있다.

〈구지가〉는 왕이 강림하기를 고대하는 마음과 노동의 고됨을 잊으려는 마음에서 하늘에 대고 비는 주술적이고 제의적인 집단 노래였다. 〈황조가〉는 주술적인 노래와 개인의 감정을 노래한 서정시의 요소를 고루 갖추고 있어 우리나라 최초의 개인 서정시로 보고 있다. 〈공무도하가〉는 〈구지가〉와 〈황조가〉의 중간 다리에 서 있는 작품이다.

이 세 작품은 당시 기록 수단이 없어 입에서 입을 통해 전해 내려오다가 후대에 와서 한문으로 번역되었기 때문에 모두 4언4구(四言四句)의 한시 형태로 수록되었다.

〈정읍사〉는 백제 이전 시대부터 구전되어 오던 노래를 한글 창제 이후 《악학궤범》이라는 궁중 노래 가사 책에 기록한 것이다. 그래서 한문

으로 번역된 고대가요와 표기 형태가 다른, 한글로 기록된 가장 오래된 우리 문학작품이다.

이 시대는 서사문학과 서정문학이 분리되기 전이라 대부분의 고대가요는 배경설화와 함께 수록되어 있다. 그 덕분에 우리는 짧은 넉 줄의 시가(詩歌)에서 여러 상상을 즐길 수 있다. 〈공무도하가〉에서 각 행마다 다른 '물'의 의미를 생각하고, 〈구지가〉에서 '머리'와 '거북'이 상징하는 것이 무엇인지를 알게 된다. 〈황조가〉에 나오는 '꾀꼬리'를 보고 우리 시가에서 자주 나오는 접동새나 두견새 같은 새들의 이름을 떠올려 볼 수도 있다. 〈정읍사〉에서는 신라와 고려, 조선으로 이어지는 망부석 설화와 집 떠난 남편을 그리워하고 걱정하는 여인네들의 다양한 심정도 엿볼 수 있다.

이처럼 시가에 담긴 여러 의미들을 역사적 배경과 설화에 담긴 이야기를 바탕으로 상상해 본다면 아주 먼 옛날 우리 조상들의 삶을 만나고 그 시대를 여행하는 즐거움을 맛볼 수 있을 것이다.

* **4언4구(四言四句)** 한 구가 넉 자로 이루어진 한시
* **서사문학** 어떤 사건이나 상황을 시간의 흐름에 따라 기술한 문학
* **서정문학** 개인의 감정이나 정서를 주관적으로 표현한 문학

구지가(龜旨歌)

— 작자 미상

거북아 거북아

머리를 내놓아라

만약 내놓지 않으면

구워 먹으리

龜何龜何(구하구하)

首其現也(수기현야)

若不現也(약불현야)

燔灼而喫也(번작이끽야)

거북아 거북아

머리를 내놓아라

만약 내놓지 않으면

구워 먹으리

龜何龜何(구하구하)

首其現也(수기현야)

若不現也(약불현야)

燔灼而喫也(번작이끽야)

임금을 맞이하기 위해 부른 노래

작품을 감상하기 전에 〈구지가〉의 배경설화부터 들려줄게.

옛날 구지봉이란 산에서 모습은 보이지 않고 이상한 소리만 들리는데 "황천께서 내게 명령하시기를 이곳에서 나라를 새롭게 하여 왕이 되라고 하셨다. 내가 일부러 이곳에 내려왔으니 너희들은 마땅히 산꼭대기에서 흙을 파면서 노래를 부르고 춤을 추어서 나를 맞이하도록 하여라."라고 말하였다. 이에 구간(추장)과 마을 사람들이 땅에 엎드려 정성껏 빌고 '구지가'를 부르며 춤을 추었다. 10여 일이 지나 하늘에서 내려온 황금 알 여섯이 사람으로 변하였다. 그중에 처음으로 나타난 사람이 수로(首露)라 하고 그가 세운 나라를 대가락(大駕洛) 또는 가야국(伽倻國)이라 부르고 나머지 다섯 사람도 가야국의 주인이 되었다.

수백 명의 군중이 구지봉 산꼭대기에 모여 임금을 맞이하기 위해 흙을 파헤치며 목청껏 불렀다는 그 노래 소리를 한번 상상해 볼까. 산꼭대기에서 그 우렁찬 합창이 메아리쳐 울렸을 것을 생각해 보면 옛사람들의 집단 가무라는 것이 얼마나 장엄했을지 짐작이 가지 않니? 그 당시 사람들은 이와 같은 군중의 합창에 주술적인 힘이 있다고 믿었단다. 이 노래의 핵심인 '거북'은 신령스런 존재로 거북의 머리는 생명과 우두머리를 상징해. 머리를 내놓는 것은 새로운 생명의 탄생을 뜻하는 것으로 하늘에서 내려온 알로부터 수로왕이 탄생한 것을 뜻하고 있지.

한편 이 노래를 마을 사람들이 흙을 파면서 불렀다는 점을 눈여겨본다면 노동의 괴로움을 덜고자 부른 노동요(勞動謠)의 성격도 띠고 있다고 볼 수 있어. 이 노래와 비슷한 작품으로 〈해가(海歌)〉가 있어.

거북아 거북아 머리를 내놓아라.
남의 아내 훔쳐간 죄 얼마나 크랴.
네 만일 거역하고 내놓지 않는다면,
그물로 너를 잡아 구워 먹으리.

〈구지가〉가 새로운 임금을 맞이하기 위해 부른 주술 노래라고 한다면 〈해가〉는 재앙을 물리치기 위한 주술 노래라고 할 수 있지.

한 걸음 더

여러 동물 중에 왜 하필 거북의 머리를 내어 놓으라고 했을까?

공무도하가(公無渡河歌)

— 백수광부의 아내

임아 그 물을 건너지 마오.

임은 기어이 물을 건너시네.

물에 빠져 돌아가시니,

이제 임을 어이할꼬.

公無渡河(공무도하)

公竟渡河(공경도하)

墮河而死(타하이사)

當奈公何(당내공하)

임아 그 물을 건너지 마오.

임은 기어이 물을 건너시네.

물에 빠져 돌아가시니,

이제 임을 어이할꼬.

公無渡河(공무도하)

公竟渡河(공경도하)

墮河而死(타하이사)

當奈公何(당내공하)

임과 사별한 슬픔

〈공무도하가〉는 집단가요에서 개인적 서정시로 넘어가는 단계에 있는 노래로 〈황조가〉와 함께 가장 오래된 우리 서정가요란다. 구전 과정이 배경설화에 상세히 나와 있어. 배경설화부터 살펴볼까.

> 뱃사공 곽리자고가 아침에 일어나 배를 손질하고 있었다. 그때 머리가 하얗게 센 미치광이 남자(白首狂夫) 한 사람이 머리를 풀어 헤친 채, 술병을 쥐고는 어지러이 흐르는 강물을 건너고 있었다. 그의 아내가 그 뒤를 말리며 따라갔지만, 채 붙잡지 못해 그 미치광이는 끝내 물에 빠져죽고 말았다. 이에 그의 아내는 공후를 뜯으면서 공무도하의 노래를 지었는데 그 목소리가 아주 슬펐다. 노래가 끝나자 그의 아내는 스스로 물에 몸을 던져 죽었다. 이러한 광경을 처음부터 목격한 곽리자고는 돌아와 자기 아내 여옥에게 이야기하면서 노래를 들려주었다. 여옥은 슬퍼하며 공후를 뜯으면서 그 노래를 불렀다. 듣는 사람들 중에 눈물을 흘리지 않는 사람은 하나도 없었다. 여옥은 이 노래를 이웃에 사는 여용에게 가르쳐 주고 노래 곡조를 '공후인'이라 불렀다.

이 노래가 구전되는 과정을 보면 곽리자고가 보고 들은 것을 아내에게 들려주었더니 그 아내는 악기에 곡조를 붙여 이웃에게 가르쳐 주고, 그 이웃은 또 다른 이웃에게 들려주어 후대에까지 퍼지게 되었어. 지금 우리는 가사만 알 수 있지만 당시의 사람들은 곡조를 더하여 전해 들었으니 남편을 잃은 아내의 애끓는 슬픔이 그대로 전해지지 않았을까 싶어. 그래서 듣는 사람마다 눈물을 흘렸을 거야. 여옥이 연주한 곡조는 과연 어떤 가락이었을까?

우리는 배경설화를 통해 '물'은 충만한 사랑(1행)이었다가 이별(2행)이었다가 죽음(3행)을 의미함을 알 수 있어. 〈공무도하가〉에서 비롯된 이별과 죽음이 주는 한의 정서는 〈정읍사〉, 〈가시리〉, 〈서경별곡〉, 〈진달래꽃〉 등으로 이어지며 우리 문학의 고유 정서로 자리 잡고 있단다.

한 걸음 더

이 노래의 주인공 백수광부는 아침부터 술에 취해 이상한 행동을 해. 그는 왜 이런 행동을 했을까? 또 그의 아내는 노래를 부르고는 자신도 물에 빠져 죽어. 그들이 예사로운 사람이 아니라면 어떤 사람일까?

황조가(黃鳥歌)

— 유리왕

펄펄 나는 저 꾀꼬리
암수 서로 정답구나
외로워라 이 내 몸은
뉘와 함께 돌아갈꼬.

翩翩黃鳥(편편황조)
雌雄相依(자웅상의)
念我之獨(염아지독)
誰其與歸(수기여귀)

펄펄 나는 저 꾀꼬리

암수 서로 정답구나

외로워라 이 내 몸은

뉘와 함께 돌아갈꼬.

翩翩黃鳥(편편황조)

雌雄相依(자웅상의)

念我之獨(염아지독)

이해와 감상

짝을 잃은 외로움

이 노래는 고구려 제2대 유리왕의 설화 가운데 하나로 창작 동기나 그 배경이 구체적으로 기록되어 있어. 네 글자, 넉 줄의 매우 짧은 노래지만 시가 형식이 갖추는 대칭적인 균형과 탄탄한 시상 전개를 펼치고 있는 작품이야. 배경설화는 이래.

고구려 제2대 유리왕 3년 10월에 왕비 송 씨가 죽자 왕은 다시 두 여자를 후실로 맞아들였는데, 한 사람은 화희(禾姬)라는 골천 사람의 딸이고, 또 한 사람은 치희(雉姬)라는 한(漢)나라 사람의 딸이었다. 두 여자가 사랑 다툼으로 서로 화목하지 못하므로 왕은 양곡(凉谷)에 동궁과 서궁을 짓고 따로 머물게 했다. 그 후 왕이 기산에 사냥을 가서 7일 동안 돌아오지 않은 사이에 두 여자가 다툼을 벌였다. 화희가 치희에게 "너는 한나라 집안의 천한 계집으로 어찌 이리 무례한가?" 하면서 꾸짖으니 치희는 부끄럽고 분하여 집으로 돌아가 버렸다. 왕은 이 사실을

* **화자(話者)** 시에서 말하는 사람

듣고 말을 채찍질하여 쫓아갔으나 치희는 노하여 돌아오지 않았다. 왕이 일찍이 나무 그늘에서 쉬고 있는데 마침 나뭇가지에 꾀꼬리들이 모여 놀고 있는 것을 보고 느끼는 바가 있어 노래를 지어 불렀다.

〈황조가〉는 사랑하는 짝을 잃은 고독감과 슬픔을 '꾀꼬리'에 빗대어 표현한 작품이야. 짝을 이루어 노니는 꾀꼬리와 홀로 있는 사내, 정다움과 외로움, 가벼움과 무거움이 서로 대비를 이루면서 화자(話者)* 의 감정을 더 부각시키고 있지.

또한 자연물인 꾀꼬리에 의지하여 시상을 불러일으킨 후 나중에 자신의 감회를 펴는 선경후정(先景後情)의 표현 방식이나 남녀 간의 사랑이라는 시대를 초월하여 누구나 경험할 수 있는 주제를 다루고 있다는 점에서 아주 훌륭한 작품으로 손꼽힌단다.

한 걸음 더

유리왕은 두 여자가 다투는 데도 불구하고 골천 사람의 딸과 한(漢)나라 사람의 딸을 계속 궁궐에 함께 둔 이유가 무엇일까?

정읍사(井邑詞)

– 작자 미상

ᄃᆞᆯ하 노피곰 도ᄃᆞ샤

어긔야 머리곰 비취오시라.

어긔야 어강됴리 아으 다롱디리

져재 녀러신고요

어긔야 즌ᄃᆡ ᄅᆞᆯ 드ᄃᆡ욜셰라

어긔야 어강됴리

어느이다 노코시라

어긔야 내 가논 ᄃᆡ 졈그ᄅᆞᆯ셰라.

어긔야 어강됴리 아으 다롱디리

달님이시여 높임높이 돋으시어
(어긔야) 멀리멀리 비추어 주소서.
(어긔야 어강됴리* 아으 다롱디리)
장(저자거리)에 가 계신가요?
(어긔야) 즌 데*를 디딜까 두렵습니다.
(어긔야 어강됴리)
어느 곳에나 (무거운 짐을) 놓으십시오.
어긔야 내*(님)가는 곳에 (날이 저물까) 두렵습니다.
(어긔야 어강됴리 아으 다롱디리.)

* **어긔야, 어강됴리** 흥을 살리고 노래를 이어주는 여음과 후렴구이므로 따로 해석하지 않는다.
* **즌 데** 물이 고여 질퍽한 곳. 위험한 곳. 다른 여인 등으로 해석할 수도 있다.
* **내** 님(남편)과 나는 일심동체이므로 남편 가는 곳을 내 가는 곳이라 표현했을 수도 있다.

ᄃᆞᆯ하 노피곰 도ᄃᆞ샤

어긔야 머리곰 비취오시라

어긔야 어강됴리

아으 다롱디리

져재 녀러신고요

어긔야 즌ᄃᆡᄅᆞᆯ 드ᄃᆡ욜셰라

어긔야 어강됴리

어느이다 노코시라

어긔야 내 가는 딕 졈그롤셰라

어긔야 어강됴리

아으 다롱디리

이해와 감상

남편을 기다리다 돌이 된 여인

〈정읍사〉는 아내가 남편을 기다리면서 부른 노래야. 〈정읍사〉의 아내는 모든 근심을 달에게 하소연하면서, 높이높이 솟은 달이 멀리까지 비추어 남편에게 닥칠 어둠과 고난을 물리치게 해 달라고 빌고 있단다. 하지만 남편은 돌아오지 않고, 하염없이 기다리던 아내는 결국 망부석이 되고 말았다는구나. 《고려사》 악지에 전하는 배경설화부터 먼저 살펴볼까.

> 정읍은 전주의 속현(屬縣)이다. 그 고을에 행상하는 한 사람이 집을 떠난 뒤 오래도록 돌아오지 않았다 그의 아내가 산 위의 바위에 올라서서 바라보다가 남편이 밤길에 해를 입지나 않을까 걱정한 나머지 진흙탕의 수렁에 비유하여 노래를 불렀다. 세상에 전하기를 산에 올라가 남편을 바라보았던 돌이 남아 있다고 한다.

〈정읍사〉는 한글로 표기된 가장 오래된 우리 시가야. 《고려사》 악

* **속악(俗樂)** 우리 고유의 전통 궁중 음악을 중국계의 아악이나 당악에 상대하여 이르는 말

지에는 〈정읍사〉 외에도 〈선운산〉, 〈무등산〉, 〈방등산〉, 〈지리산〉이라는 백제가요 네 편이 더 소개되어 있어. 그중 〈무등산〉을 제외한 나머지 네 편은 모두 여인이 부른 것이고 그중 세 편은 애타는 기다림을 표현하고 있지. 부역이나 행상을 하러 집을 떠나거나 날씨나 도적들의 출몰로 인해 목숨을 잃는 등 여러 가지 이유로 남녀 간 이별을 가져오게 한 당시의 사회적 배경과 서민들의 애환을 전해져 내려오는 백제가요를 통해 짐작해 볼 수 있지.

고려가요의 〈가시리〉, 한시의 〈송인〉, 황진이의 시조, 현대시의 김소월 등은 이런 '기다림'의 정서를 작품으로 계승하고 있단다.

한편 여인의 기다림을 노래한 작품들이 대부분 상대방에 대한 원망과 하소연, 호소 등을 담고 있는데 반해 〈정읍사〉는 의심을 나타내면서도 상대를 걱정하는 내용으로만 되어 있는 것이 특징이야. 〈정읍사〉는 현재까지 전해오고 있는 유일한 백제의 노래로 고려와 조선 시대까지 속악(俗樂)*의 가사로 불려졌단다.

한 걸음 더

작품에서 '즌 데'는 화자의 처해진 상황에 따라 조금씩 다르게 해석될 수 있어. 오늘날의 사회에서 '즌 데'는 어떤 곳을 상상해 볼 수 있을까?

꽃을 꺾어 바치오리다

나를 아니
부끄러워하신다면

향가

- 서동요
- 헌화가
- 처용가
- 찬기파랑가
- 제망매가
- 안민가

향찰로 기록한 노래

향가는 '향찰'로 기록한 노래로 중국 노래에 대한 '우리의 노래'를 뜻한다. '향찰'이란 한자를 우리말의 어순에 맞게 새로 만들어 쓴 글자로 고려 시대 초기까지 사용되었다. 향가는 현재까지 《삼국유사》*에 실린 14수와 《균여전》*에 실린 11수를 합쳐 25수가 전해지고 있다.

향가의 형식으로는 4구체, 8구체, 10구체가 있는데, 4구체는 이름을 알 수 없는 사람들이 지어 부른 민요풍의 노래이다. 8구체, 10구체는 불교의 귀족 문화를 배경으로 개인의 감정이나 정서를 노래한 서정 가요인데 특히 10구체 향가는 통일 신라 시대의 찬란한 문화를 녹여낸 향가의 완성형으로 '사뇌가'라고도 한다.

향가의 작가는 대부분 승려나 화랑이다. 따라서 향가의 내용 역시 불교적인 분위기가 짙다. 신라 시대 진성 여왕 때 각간* 위홍과 승려 대구화상이 《삼대목》*이라는 향가집을 편찬했다는 기록은 있으나 현재까지 전해지는 향가집은 없다. 한편 《삼국유사》에 기록된 향가에는 그 배경설화도 함께 실려 있어 당시의 사람들 생활과 사상을 이해하는 데 도움이 된다.

향가는 통일 신라 시대에 꽃핀 불교 귀족 문화를 배경으로 시대 정신과 서정을 담고 있어 민족 문학으로의 개성을 지닌다고 평가받고 있다.

여기서는 4구체의 짧은 노래로 〈서동요〉와 〈헌화가〉, 주술적인 성격을 지닌 8구체의 〈처용가〉, 찬양과 추모의 성격을 지닌 〈찬기파랑가〉,

〈제망매가〉를 감상하고 특이하게 유교적인 성격을 갖고 있는 향가 〈안민가〉를 감상해 보자.

* **《삼국유사》** 고려 충렬왕 때 승려 일연이 쓴 역사서
* **《균여전》** 고려 문종 때 혁련정이 지은 승려 균여의 전기
* **각간** 신라 시대 최고의 관직
* **《삼대목》** 신라 진성 여왕 때 각간 위홍과 대구화상이 왕명을 받아 편찬한 향가집이나 전해지지 않는다.

서동요(薯童謠)

– 작자 미상

선화공주님은

남몰래 정을 통해 두고

맛둥(서동) 도련님을

밤에 몰래 안고 간다

선화공주(善化公主)니믄 [善化公主主隱]

ᄂᆞᆷ 그ᅀᅳ지 얼어 두고 [他密只嫁良置古]

맛둥방ᄋᆞᆯ [薯童房乙]

바ᄆᆡ 몰 안고 가다 [夜矣夗[卯]乙抱遣去如]

선화공주(善化公主)니믄

놈 그스지 얼어 두고

맛둥방을

바믜 몰 안고 가다

이해와 감상

가장 오래된 향가이자, 동요

〈서동요〉는 《삼국유사》 무왕조의 설화에 나와. 서동의 출생담, 서동의 결연담, 서동의 등극담, 사찰연기담의 네 부분으로 이루어져 있는데 〈서동요〉는 두 번째 부분인 서동과 선화공주가 결합하는 이야기에 같이 나온단다. 그러면 배경설화부터 소개할게.

> 백제 30대 무왕(武王)의 이름은 장(璋)이다. 그의 어머니는 못가에 살고 있었는데, 그 못에 사는 용(龍)과 정을 통하여 장을 낳았다. 장은 어려서부터 마[薯]를 캐어 팔아서 생활했기 때문에 사람들은 그를 서동(薯童: 맛둥)이라 불렀다. 서동은 신라 진평왕의 셋째 딸인 선화공주(善化公主)가 매우 아름답다는 소문을 듣고 그녀를 아내로 삼을 작정을 하고 몰래 경주로 들어가 이 노래를 지어 아이들에게 부르게 했다. 노래가 경주에 널리 퍼져 대궐까지 전해지자 진평왕은 공주를 귀양 보낼 수밖에 없었다. 그러자 미리 기다리고 있던 서동이 동행하였고 결국 선화공주를 아내로 맞이하였다. 서동은 공주를 통해 자신이 마를

* **주객전도** 주인과 손님의 위치가 뒤바뀌다.

캐던 뒷산에 있는 큰 금무더기가 보배라는 알고 그 금으로 인심을 얻어 뒷날 백제의 왕이 되었다.

〈서동요〉는 국경을 뛰어넘고 신분의 귀천을 초월한 낭만적인 한 소년의 사랑이 담겨 있는 노래야. 하지만 진평왕 때 처음 새롭게 지었다기보다 그전부터 있었던 민요에 서동의 소망이 담긴 구애의 노래가 결합했다고 볼 수 있지. 어쩌면 앞으로 그런 일이 일어날 것임을 예언한 노래요, 자신의 소망을 공주가 실제로 행한 것처럼 주객전도*하여 모함한 노래라고도 볼 수 있어.

〈서동요〉는 현재까지 전하는 가장 오래된 향가이며 향가 중 유일한 동요야. 영웅의 일대기답게 서동의 꿈이 큰 장애 없이 이루어졌다는 데서 당시 사회 분위기를 짐작할 수 있단다.

한 걸음 더

산에서 약초를 캐던 백제 사람 서동과 신라의 궁궐에서 임금의 보호를 받던 선화공주가 나라와 신분을 초월하여 결혼하잖아. 이 결혼이 가능했을 이유를 당시 사회와 연관하여 상상해 봐.

헌화가(獻花歌)

– 작자 미상

자줏빛 바윗가에

잡고 있는 암소 놓게 하시고

나를 아니 부끄러워하신다면

꽃을 꺾어 바치오리다.

지배 바회 ᄀᆞᅀᅢ[紫布岩乎邊希]

자 ᄇᆞ온손 암쇼 노히시고 [執音乎手母牛放敎遣]

나ᄅᆞᆯ 안디 븟그리샤ᄃᆞᆫ [吾肹不喩慚肹伊賜等]

고ᄌᆞᆯ 것거 바도림다. [花肹折叱可獻乎理音如]

지배 바회 ᄀᆞᅀᅢ

자ᄇᆞ 온손 암쇼 노히시고

나ᄅᆞᆯ 안디 븟그리샤ᄃᆞᆫ

고ᄌᆞᆯ 것거 바도림다.

자줏빛 바윗가에

잡고 있는 암소 놓게 하시고

나를 아니 부끄러워하신다면

꽃을 꺾어 바치오리다.

아름다운 여인에게 꽃을 꺾어 바치는 노래

〈헌화가〉는 《삼국유사》에 가사 전문과 배경설화가 전해진단다.

성덕왕 시대에 순정공이 강릉태수로 부임할 적에, 가다가 바닷가에 머물러 점심을 먹었다. 곁에는 돌로만 된 깎아지른 벼랑이 병풍처럼 바다를 에워싸고 있었는데 높이가 천 길이나 되었고 그 위에는 철쭉꽃이 무성하게 피어 있었다. 순정공의 부인 수로가 이것을 보고 좌우에 있는 이들에게 말하였다.
"꽃을 꺾어다 바칠 사람이 누구인고?"
그러나 하인들은 '사람의 발길이 닿을 수 있는 곳이 아니라' 하며 불가능하다고 물러났다. 이때 소를 끌고 가던 한 노인이 부인이 꽃을 바란다는 말을 듣고는 그 꽃을 꺾어 오고 또한 노래를 바치었다. 그 노인이 어떤 사람인지 알 수 없었다.

〈헌화가〉는 꽃을 갖고 싶어 하는 아름다운 여인에게 꽃을 꺾어 바치며 부른 노래야. 아름답고 젊은 여인이 꽃을 갖고 싶어 한다는 것과 초라하고 늙은 노인이 암소를 끌고 간다는 것은 서로 대조를 이루지. 수로부인은 절세 미인으로 깊은 산과 큰 물을 지날 때마다 매번 신물에게 납치되고는 했어. 동해용도 수로부인의 아름다움에 반해 납치해 갔다가 뭇사람의 〈해가〉를 듣고 풀어 주었어. 이렇게 수로부인은 범상하지 않은 사건과 연관되어 있기 때문에 단순히 아름답기만 한 보통 사람이 아니라 무당으로 보아야 한다는 견해도 있어. 무당이 정치적 목적과 관련하여 민심을 무마하기 위해 굿을 하게 되었는데 〈헌화가〉가 이 굿을 하면서 부른 '굿노래'라는 것이지.

한 걸음 더

우리 옛 시가 문학에는 철쭉, 배꽃, 진달래 등 꽃을 소재로 하는 다양한 작품들이 많아. 고전시가에 나오는 꽃들은 어떤 역할을 할까?

처용가(處容歌)

– 작자 미상

서울 밝은 달밤에

밤늦도록 놀고 있다가

들어와 (잠)자리를 보니

다리가 넷이로구나.

둘은 내(아내의) 것이지마는

둘은 누구의 것인고.

본디 내 것이었지마는

빼앗긴 것을 어찌하리오.

서울 ᄇᆞᆯ기 ᄃᆞ라라
밤 드리 노니다가
드러ᅀᅡ 자ᄅᆡ 보곤
가로리 네히러라
두ᄫᅳ른 내해엇고
두ᄫᅳ른 누기핸고
본ᄃᆡ 내해다마ᄅᆞ는
아ᅀᆞ놀 엇디ᄒᆞ릿고.

서울 밝은 달밤에

밤늦도록 놀고 있다가

들어와 (잠)자리를 보니

다리가 넷이로구나.

둘은 내(아내의) 것이지마는

둘은 누구의 것인고.

본디 내 것이었지마는

빼앗긴 것을 어찌하리오.

서울 ᄇᆞᆯ기 ᄃᆞ라라

밤 드리 노니다가

드러ᅀᅡ 자ᄅᆡ 보곤

가ᄅᆞ리 네히러라

두ᄫᅳ른 내해엇고

두ᄫᅳ른 누기핸고

본ᄃᆡ 내해다마ᄅᆞᄂᆞᆫ

아ᅀᆞᆯ 엇디ᄒᆞ릿고.

귀신을 물리치고 경사를 맞아들인다

〈처용가〉는 〈구지가〉, 〈해가〉로부터 이어지는 주술적인 노래의 맥을 잇고 있어. 또 고려가요 〈처용가〉의 모태가 되는 8구체 향가야. 고려가요의 〈처용가〉에 향가 〈처용가〉와 똑같은 구절이 한글로 표기되어 전함으로써 향찰 문자를 해독하는 단서가 되어주고 있단다.

'……신라 서울 밝은 달밤에 새도록 놀다가 돌아와 자리를 보니 다리가 넷이로구나 아아, 둘은 내 것이로니와, 둘은 누구의 것인가?……'

이제 배경설화를 한 번 살펴볼까?

신라 헌강왕 때에 왕이 개운포(현재의 울산)에 놀러갔는데, 갑자기 하늘이 깜깜해져서 사방을 분간할 수 없었다. 옆에 있던 신하가 동해 용왕을 위하여 좋은 일을 하면 될 것이라고 해서 왕이 절을 지어주겠다고 하였더니 날이 다시 밝아졌다. 동해 용왕은 일곱 아들을 데리고 나타나 왕에게 사례하고, 한 아들(처용)에게 서라벌로 가 정치를 돕도록 하였다. 왕은 미녀를 골라 처용의 아내를 삼게 하고, 벼슬도 내렸다.

그런데 어느 날 처용이 밖에 나갔다 돌아와 보니 아내에게 역신(役神—천연두를 앓게 하는 귀신)이 침범해 있었다. 그래서 처용이 이 노래를 부르고 물러났더니 역신이 감복하여 처용에게 사과하고 앞으로는 처용의 얼굴만 보아도 거기에는 침범하지 않겠다고 약속하였다. 그 후 사람들은 처용의 얼굴을 그려 문에다 붙여 역신의 침범을 막게 되었다.

처용은 과연 누구였을까? 어떤 학자들은 처용을 동해 용왕을 모시는 무당으로 보기도 하고, 혹은 지방 호족의 아들로 보기도 해. 처용탈의 무시무시한 모습을 통한 추리로는 멀리서 온 이슬람 상인으로 해석되기도 하지. 무엇이 정답인지 알 수는 없지만 처용은 신라 시대 당시의 사회상을 보여주는 여러 모습으로 해석되고 있단다.

아내를 빼앗기고도 홀로 노래와 춤으로 분노를 달래면서 울적한 심정을 읊조린 처용의 기품은 신라의 모범적인 인간형이 되고 화랑적인 신라 신사의 모습을 보여준다고 평가받기도 한단다.

한 걸음 더

처용은 무당이거나, 지방 호족의 아들이거나, 동해 용왕의 아들이거나, 신라에게는 꼭 필요한 인물이라 할 수 있어. 당시 사회를 상상하면서 처용의 역할에 대해 이야기해 보면 어떨까.

찬기파랑가(讚耆婆郎歌)

– 충담사

(구름 장막을) 열어 젖히매
나타난 달이
흰 구름 따라 떠 가는 것 아니냐?
새파란 냇가에
기랑의 모습이 있구나.
이로부터 냇가 조약돌에
낭이 지니시던
마음의 끝을 따르련다.
아아, 잣나무 가지 높아
서리조차 모르시올 화랑의 우두머리여

열치매 [咽烏爾處米]

나토얀 ᄃᆞ리 [露曉邪隱月羅理]

힌 구룸 조초 ᄠᅧ 가는 안디하. [白雲音逐于浮去隱安攴下]

새파ᄅᆞᆫ 나리여히 [沙是八陵隱汀理也中]

기랑ᄋᆡ 즈ᅀᅵ 이슈라. [耆郎矣皃史是史藪邪]

일로 나리ㅅ ᄌᆡ벽히 [逸烏川理叱磧惡希]

낭ᄋᆡ 디니다샤온 [郎也持以支如賜烏隱]

ᄆᆞᅀᅡᄆᆡ ᄀᆞᇫᄒᆞᆯ 좇누아져. [心未際叱肸逐內良齊]

아야 잣ㅅ가지 노파 [阿耶 栢史叱枝次高攴好]

서리 몯누올 화반이여 [雪是毛冬乃乎尸花判也]

(구름 장막을) 열어 젖히매

나타난 달이

흰 구름 따라 떠 가는 것 아니냐?

새파란 냇가에

기랑의 모습이 있구나.

이로부터 냇가 조약돌에

낭이 지니시던

마음의 끝을 따르련다.

아아, 잣나무 가지 높아

서리조차 모르시올 화랑의 우두머리여.

열치매

나토얀 ᄃᆞ리

흰 구름 조초 ᄠᅥ 가는 안디하.

새파른 나리여ᄒᆡ

기랑ᄋᆡ 즈ᅀᅵ 이슈라.

일로 나리ㅅ ᄌᆡ벽ᄒᆡ

낭ᄋᆡ 디니다샤온

ᄆᆞᅀᅡᄆᆡ ᄀᆞᇫ홀 좇누아져.

아야 잣ㅅ가지 노파

서리 몯누올 화반이여.

화랑 '기파랑'을 찬양하는 노래

〈찬기파랑가〉는 신라 경덕왕(742~765) 때 승려였던 충담사가 지은 10구체 향가야. 기파랑이라는 화랑을 찬양하는 노래라는 뜻이지. 충담사는 향가를 잘 짓기로 유명했는데 당시 나라를 다스리고 있던 경덕왕도 충담사의 명성을 듣고는 〈안민가〉를 지어달라고 부탁했다는 기록이 《삼국유사》에 전해져 내려온단다.

이 노래는 크게 세 부분으로 나누어 볼 수 있어. 그런데 이 노래를 달과 시적 화자의 문답체로 보느냐, 아니면 단순한 시적 화자의 1인 서술로 보느냐에 따라 내용이 조금 달라질 수 있어. 잠깐 살펴보자. 만약 달과 시적 화자의 문답체로 볼 경우 1~3행은 화자의 물음이며, 4~8행은 그에 대한 달의 응답이 돼. 이 같은 문답의 방법을 통해 시인의 감정이 9행~10행에 응축되어 나타나고 있어.

한편 1인 서술로 보는 관점에서는 시적 화자가 대상 자연물의 풍경을 통해 기파랑의 모습을 회상하고 기리는 내용으로 전체가 이루어져 있고, 마지막에서 기파랑의 높은 뜻이 잣나무 가지로 표상되어 있다고 보면 돼. 달·시냇물·조약돌·서리·잣나무 등과 같은 자연물로 표상된 기파랑은 고상하고 품격이 높은 성자의 모습을 띠고 있지.

이를 통해 추측할 수 있는 것은 기파랑은 화랑의 지도자였는데 당시 화랑은 정치적 입지가 약했고 정신적으로도 해이해져 있었어. 이런 상황에서 기파랑을 찬양해서 화랑의 정신을 다시 되새기고 힘을 모으려고 한 의도가 있지 않을까 생각해 보는 거지.

해석이 어찌되었든 〈찬기파랑가〉는 이전 시가 작품에서 보였던 주술적 성격과 종교적 색체가 없고 비유와 상징을 통한 순수한 서정시의 모습을 보여주고 있어. 이런 점에서 10구체 향가 중 최고의 경지를 보여주는 작품으로 평가된단다.

한 걸음 더

이 작품과 같이 화랑을 기리는 8구체 향가로 〈모죽지랑가〉가 있어. 그 작품을 찾아보고 신라 시대 화랑의 사회적 위치와 역할에 대해 생각해 보면 좋겠어.

제망매가(祭亡妹歌)

– 월명사

삶과 죽음의 길은
여기에 있으매 머뭇거리고
나는 간다는 말도
못다 이르고 갔는가?
어느 가을 이른 바람에
여기저기에 떨어지는 잎처럼
같은 나뭇가지(부모)에 나고서도
(네가) 가는 곳을 모르겠구나.
아아, 극락세계에서 만날 나는
도를 닦으며 기다리겠노라.

생사(生死) 길흔 [生死路隱]
이에 이샤매 머믓그리고 [此矣有阿米次肹伊遣]
나ᄂᆞᆫ 가ᄂᆞ다 말ㅅ도 [吾隱去內如辭叱都]
몯다 니르고 가ᄂᆞ닛고. [毛如云遣去內尼叱古]
어느 ᄀᆞᅀᆞᆯ 이른 ᄇᆞᄅᆞ매 [於內秋察早隱風未]
이에 뎌에 ᄠᅳ러딜 닙곤 [此矣彼矣浮良落尸葉如]
ᄒᆞᄃᆞᆫ 가지라 나고 [一等隱枝良出古]
가논 곧 모ᄃᆞ론뎌. [去奴隱處毛冬乎丁]
아야 미타찰(彌陀刹)아 맛보올 나 [阿也彌陀刹良逢乎吾]
도(道) 닷가 기드리고다. [道修良待是古如]

삶과 죽음의 길은

여기에 있으매 머뭇거리고

나는 간다는 말도

못다 이르고 갔는가?

어느 가을 이른 바람에

여기저기에 떨어지는 잎처럼

같은 나뭇가지(부모)에 나고서도

(네가) 가는 곳을 모르겠구나.

아아, 극락세계에서 만날 나는

도를 닦으며 기다리겠노라.

생사(生死) 길흔

이에 이샤매 머믓그리고,

나는 가ᄂᆞ다 말ㅅ도

몯다 니르고 가ᄂᆞ닛고.

어느 ᄀᆞᅀᆞᆯ 이른 ᄇᆞᄅᆞ매

이에 뎌에 ᄠᅥ러딜 닙곤,

ᄒᆞᄃᆞᆫ 가지라 나고

가논 곧 모ᄃᆞ론뎌.

아야 미타찰(彌陀刹)아 맛보올 나

도(道) 닷가 기드리고다.

혈육과 사별한 슬픔을 노래

배경설화가 《삼국유사》에 실려 전한단다.

신라 서라벌의 사천왕사에는 피리를 잘 부는 스님이 한 분 있었다. 이름은 월명이었는데, 향가도 잘 지어 일찍이 죽은 누이를 위하여 재(齋)를 올릴 때 향가를 지어 제사를 지냈다. 이렇게 노래를 불러 제사를 지냈더니, 문득 광풍이 불어 지전*이 서쪽으로 날아가 사라지게 되었다.
한편 피리의 명수인 월명이 일찍이 달 밝은 밤에 피리를 불며 문 앞 큰 길을 지나가니, 달이 가기를 멈추었다. 그래서 그 동리 이름을 '월명리'라 하고, 그의 이름인 '월명' 또한 여기서 유래한 것이다.

기록에 의하면 월명사가 일찍 죽은 누이를 위해 재를 올릴 때 이 노래를 지어 제사를 지내는데 홀연 광풍이 일어 지전이 서쪽을 향해

* **지전** 종이를 돈 모양으로 오린 것으로 저승 가는 길에 노자로 쓰라고 관 속에 넣어준다.
* **의식요** 의례적인 행사를 할 때 부르는 노래

날아가 버렸다고 해. 이러한 배경설화로 볼 때 이 노래는 재를 지낼 때 부른 의식요*라는 해석이 있어. 또 작자인 월명사가 승려 신분인 점, 가사 내용에 미타찰에서 만나자고 기약하고 있는 점 등으로 미루어 볼 때 불교문학적 성격이 강하고 볼 수 있어.

〈제망매가〉는 언어학자들 간의 여러 해석에도 불구하고 누이의 죽음을 맞이한 한 인간의 고뇌를 숨김없이 솔직하게 표현한 순수 서정시로 보는 견해가 더 우세해. 향찰로 표기되어 있으며, 4구+4구+2구로 세 개로 의미 단락을 이루며 낙구(9행, 10행)에 시상이 집약되어 있어.

이 노래에 나타나는 삶과 죽음에 대한 생각과 표현은 월명사만의 것이라기보다는 신라인 모두가 공통적으로 지니고 있었던 것이라 할 수 있어. 신라인의 삶과 죽음에 대한 태도와 사후세계에 대한 생각을 잘 보여주고 있는 작품이지. 〈찬기파랑가〉와 함께 10구체 향가의 대표작으로 손꼽힌단다.

한 걸음 더

현대시에도 혈육과 사별한 심정을 노래한 작품으로 정지용의 〈유리창〉, 김광균의 〈은수저〉, 박목월의 〈하관〉이라는 작품이 있어. 이 작품들과 〈제망매가〉를 같이 읽어 보고 문학에서 말하는 '슬픔의 승화'가 무엇인지 생각해 보자.

안민가(安民歌)

― 충담사

임금은 아버지요

신하는 사랑하실 어머니요

백성은 어린아이라고 한다면

백성이 사랑을 알 것입니다.

구물거리며 사는 백성

이들을 먹여 다스리어

이 땅을 버리고 어디로 갈 것인가

한다면

나라 안이 유지 될 줄 알 것입니다

아아, 임금답게, 신하답게,

백성답게 한다면

나라 안이 태평할 것입니다.

군(君)은 어비여 [君隱父也]
신(臣)은 ᄃᆞᄉᆞ샬 어ᅀᅵ여, [臣隱愛賜尸母史也]
민(民)은 얼ᄒᆞᆫ 아ᄒᆡ고 ᄒᆞ샬디 [民焉狂尸恨阿孩古爲賜尸知]
민(民)이 ᄃᆞᅀᆞᆯ 알고다 [民是愛尸知古如]
구믈ㅅ다히 살손 물생 [窟理叱大肹生以支所音物生]
이흘 머기 다ᄉᆞ라 [此肹喰惡攴治良羅]
이 ᄯᅡᄒᆞᆯ ᄇᆞ리곡 어듸 갈뎌 ᄒᆞᆯ디 [此地肹捨遣只於冬是去於丁]
나라악 디니디 알고다. [國惡攴持以支知古如]
아으, 군(君)다이 신(臣)다이 민(民)다이 ᄒᆞᄂᆞᆯᄃᆞᆫ
[後句 君如臣多攴 民隱如 爲內尸等焉]
나라악 태평ᄒᆞ니잇다. [國惡太平恨音叱如]

임금은 아버지요

신하는 사랑하실 어머니요

백성은 어린아이라고 한다면

백성이 사랑을 알 것입니다.

구물거리며 사는 백성

이들을 먹여 다스리어

이 땅을 버리고 어디로 갈 것인가 한다면

나라 안이 유지 될 줄 알 것입니다

아아, 임금답게, 신하답게, 백성답게 한다면

나라 안이 태평할 것입니다.

군은 어비여

신은 ᄃᆞᅀᆞ샬 어ᅀᅵ여,

민은 얼ᄒᆞᆫ 아ᄒᆡ고 ᄒᆞ샬디

민이 ᄃᆞᅀᆞᆯ 알고다

구믈ㅅ다히 살손 물생

이흘 머기 다ᄉᆞ라

이 ᄯᅡ흘 ᄇᆞ리곡 어듸 갈뎌 ᄒᆞᇙ디

나라악 디니디 알고다

아으, 군다이 신다이 민다이 ᄒᆞᄂᆞᆯᄃᆞᆫ

나라악 태평ᄒᆞ니잇다.

유교 사상을 담고 있는 노래

〈안민가〉는 신라 경덕왕 때의 승려 충담사가 남산 삼화령 미륵 세존께 차 공양을 하고 돌아오던 도중, 왕에게 불려가서 왕의 요청을 받아 지었어.

경덕왕은 충담사에게 나라를 어떻게 다스려야 하느냐고 물었어. 이에 충담사는 왕은 아버지이고 신하는 어머니이며 백성은 어린아이라고 생각하고 각기 자기 본분을 다하면 나라와 백성이 편안하다고 대답했지.

여기서 군은 아버지, 신은 어머니, 민은 어린아이로 국가구성원인 군(君)·신(臣)·민(民)을 가족에 비유했어. 이로 미루어 임금을 아버지와 동일시하는 가부장적 국가관을 나타낸 것이라고 할 수 있어.

왕이 이 노래의 내용에 감동하여 충담사를 왕사(王師)*로 모시려 하였으나 충담사는 다만 두 번 절만하고 물러났다고 해.

공손하고 간곡한 어조로 불린 이 노래는 향가의 대부분이 불교적인 사상을 기본으로 삼고 있는데 비해 각자의 직책에 맞게 최선을 다하자는 유교적 사상을 담고 있어.

* **왕사(王師)** 고려 시대, 덕행이 높은 고승에게 주던 최고의 승직

민생과 정치의 안정을 도모하기 위해 창작된 노래로 문학의 성격 중에 윤리적 기능을 수행하고 있다는 점이 특징이야.

한 걸음 더

〈안민가〉는 향가로는 유일하게 유교적인 이념을 노래하고 있어. 특히 화자는 공손하고 간곡한 어조로 말하고 있는데 그 이유는 무엇일까? 또 백성을 '구물거리는 물생'이라고 표현했는데 그 의미를 다시 생각해 보고 이야기해 보면 어떨까?

가시렵니까?
가시렵니까?

나를 두고
가시렵니까?

고려가요

가시리

청산별곡

서경별곡

동동

평민들의 사랑과 이별의 정한을 담은 노래

고려 시대에 성행했던 노래로는 〈사뇌가〉, 〈도이장가〉, 〈정과정〉과 같은 향가계 노래와 〈한림별곡〉을 비롯한 경기체가, 〈청산별곡〉, 〈동동〉 등의 고려가요, 그리고 고려 말에 발생한 시조가 있다. 이중에서 평민들이 주로 불렀던 고려가요는 한때 고속가(古俗歌)나 장가(長歌)로 불리기도 하였으며 그 형성 시기는 정확하지 않으나 대체로 고려 예종 11년(1116) 송나라의 대성악이 들어올 무렵일 것으로 추정하고 있다.

고려가요의 작자는 대부분 알려져 있지 않다. 이유는 민간에서 발생하여 구전되어 전해지던 민요를 궁중음악으로 곡을 붙여 부르다가 한글 창제 이후 《악장가사》, 《악학궤범》 같은 가사집에 기록되었기 때문이다. 다시 말해 고려가요의 작가층은 고려 시대의 일반 민중들이었고 이후 그것을 향유한 계층은 왕실 및 사대부였다.

〈청산별곡〉과 같이 특이한 경우를 제외하면, 내용도 일반 민중의 강렬한 사랑과 이별의 정한이 주류를 이룬다. 한글로 기록하면서 조선의 건국이념이나 유교사상에 어긋나는 작품들은 '남녀상열지사*'라 하여 기록하지 않다 보니 전하는 작품은 30여 편 정도밖에 되지 않는다.

고려가요의 형식은 대부분 1절, 2절, 3절 식으로 이어지는 분절체이며 각 분절의 끝에는 후렴구가 이어진다. 민요나 시조는 네 번 끊어 읽는 4음보인데 고려가요는 세 마디씩 끊어 읽는 3음보이다.

고려 문학의 진수라 할 수 있는 고려가요는 평민들의 진솔한 감정이

그대로 전해지는 노래로 더 주목을 받는다. 특히 고려가요의 주요 정서인 이별의 심정은 우리 문학의 특징 중 하나인 여성적 정조의 시발점이 되었다.

고구려의 〈황조가〉에서 출발한 이별가는 고려가요인 〈가시리〉, 〈서경별곡〉으로 이어지고 정지상의 한시 〈송인〉, 황진이의 시조, 민요 〈아리랑〉, 현대시 김소월의 〈진달래꽃〉 등으로 이어지며 여러 문학 작품 속에서 한국 여인의 보편적 정서로, 서정시의 중요한 정서로 자리 잡고 있다.

* **남녀상열지사** 남녀 간의 사랑을 노골적으로 표현한 가사라는 뜻으로 고려가요를 낮잡아 이르던 말

가시리

– 작자 미상

가시렵니까? 가시렵니까?

(나를) 버리고 가시렵니까?

날더러 어찌 살라고

버리고 가시렵니까?

붙잡아 두고 싶지만

서운하면 아니 올까 두렵습니다.

서러운 임 보내드리니

가시자마자 곧 돌아오십시오

가시리 가시리잇고 나ᄂᆞᆫ
바리고 가시리잇고 나ᄂᆞᆫ
위 증즐가 대평셩ᄃᆡ(大平盛代)
날러는 엇디 살라ᄒᆞ고
ᄇᆞ리고 가시리잇고 나ᄂᆞᆫ
위 증즐가 대평셩ᄃᆡ(大平盛代)
잡ᄉᆞ와 두어리마ᄂᆞᄂᆞᆫ
선ᄒᆞ면 아니 올셰라
위 증즐가 대평셩ᄃᆡ(大平盛代)
셜온 님 보내ᄋᆞᆸ노니 나ᄂᆞᆫ
가시ᄂᆞᆫ ᄃᆞᆺ 도셔 오쇼셔 나ᄂᆞᆫ
위 증즐가 대평셩ᄃᆡ(大平盛代)

가시리 가시리잇고 나ᄂᆞᆫ

ᄇᆞ리고 가시리잇고 나ᄂᆞᆫ

위 증즐가 대평셩ᄃᆡ

날러는 엇디 살라ᄒᆞ고

ᄇᆞ리고 가시리잇고 나ᄂᆞᆫ

위 증즐가 대평셩ᄃᆡ(大平盛代)

잡ᄉᆞ와 두어리마ᄂᆞᄂᆞᆫ

선ᄒᆞ면 아니올셰라

위 증즐가 대평셩디(大平盛代)

셜온님 보내옵노니 나는

가시는 듯 도셔 오쇼셔 나는

위 증즐가 대평셩디(大平盛代)

'이별의 정한'을 노래한 대표적 고려가요

이 노래는 다른 고려가요와 마찬가지로 언제 지어졌는지, 누가 썼는지 알려져 있지 않아. 임과의 이별을 앞둔 여인의 애틋하고 서글픈 정서가 간결한 형식과 소박하고 함축성 있는 시어로 표현되어 있지. 그래서 〈서경별곡〉과 함께 이별의 정한을 노래한 대표적 고려가요로 꼽힌단다.

이별의 슬픔과 임을 붙잡고 싶은 심정, 임의 마음이 상할까 염려하여 슬픔을 참고 떠나보내는 여인의 태도, 임이 다시 돌아오기를 바라는 간절한 소망 등을 '기-승-전-결'의 간결한 형식 속에 담아내고 있어.

1연에서는 '정말로 떠나야 하겠느냐'는 애원을, 2연에서는 '나는 어찌 살라고 떠나야겠다는 것이냐'는 하소연을, 3연에서는 임의 마음을 상하게 할까 두려워 붙잡지 못하는 절제와 체념의 심정을, 4연에서는 보내기는 하지만 곧 돌아오리라는 간절한 소망을 표현하고 있어.

또 악곡으로 연주되었기에 음악적 여운을 주는 후렴구가 첨가되어 있다는 것도 주목할 점이야. 이는 4행체를 기조로 하는 민요였던 것이 고려의 궁중음악인 속악으로 개편되면서 후렴구가 첨가되었을 것으로 추정하고 있어. 따라서 노래의 원래 의미와 후렴구의 의미가 호응을 이루지 않고 조금 어색하게 느껴져. 민요로서는 화자가 사랑하는 임을 떠나보내는 이별의 슬픔을 비극적 감정으로 노래하고 있지만, 궁중음악인 속악으로 수용되면서 비극적 분위기와는 관계없이 태평성대를 노래하는 후렴구를 덧붙여 왕실의 궁중음악으로 향유되었음을 짐작할 수 있어.

한 걸음 더

이 노래의 화자는 님을 보내는 슬픔에 잠겨 있는데 후렴구는 오히려 흥에 겨운 '위 증즐가 태평성대'를 노래하며 앞의 내용과 호응을 이루지 않아. 무엇 때문일까?

청산별곡(青山別曲)

– 작자 미상

살고 싶구나, 살고 싶구나.
청산에 살고 싶구나.
머루랑 다래를 먹고
청산에서 살고 싶구나.

우는구나, 우는구나 새여.
자고 일어나 우는구나 새여.
너보다 근심이 많은 나도
자고 일어나 울고 있노라.

날아가던 새를 본다.
날아가던 새를 본다.
물 아래 날아가던 새를 본다.
녹슨 연장을 가지고
물 아래로 날아가던 새를 본다.

이럭저럭 하여 낮은 지내왔지만
올 사람도 갈 사람도 없는 밤은
또 어찌할 것인가.

어디에다 던지던 돌인가?
누구를 맞히려던 돌인가?
미워할 사람도 사랑할 사람도 없이

돌에 맞아서 울고 있노라.

살고싶구나 살고싶구나.
바다에 살고싶구나.
나문재랑 굴조개랑 먹고
바다에 살고싶구나.

가다가 가다가 듣노라.
외딴 부엌으로 가다가 듣노라.
사슴(사슴을 분장한 광대)이
장대에 올라가서
해금을 타는 것을 듣노라.

가더니(가다 보니) 불룩한 독에

독한 술을 빚는구나.

조롱박꽃 같은 누룩 냄새가 매워

나를 붙잡으니 낸들 어찌하겠는가.

살어리 살어리랏다 청산(靑山)애 살어리랏다
멀위랑 다래랑 먹고 청산(靑山)애 살어리랏다
얄리 얄리 얄랑셩 얄라리 얄라

우러라 우러라 새여 자고 니러 우러라 새여
널라와 시름 한 나도 자고 니러 우니노라
얄리 얄리 얄라셩 얄라리 얄라

가던 새 가던 새 본다 믈아래 가던 새 본다
잉무든 장글란 가지고 믈아래 가던 새 본다
얄리 얄리 얄라셩 얄라리 얄라

이링공 뎌링공 ᄒᆞ야 나ᄌᆞ란 디내와손뎌
오리도 가리도 업슨 바ᄆᆞ란 ᄯᅩ 엇디 호리라

얄리 얄리 얄라셩 얄라리 얄라

어듸라 더디던 돌코 누리라 마치던 돌코
믜리도 괴리도 업시 마자셔 우니노라
얄리 얄리 얄라셩 얄라리 얄라

살어리 살어리랏다 바다래 살어리랏다
ᄂᆞᄆᆞ자기 구조개랑 먹고 바다래 살어리랏다

얄리 얄리 얄라셩 얄라리 얄라

가다가 가다가 드로라 에졍지 가다가 드로라
사ᄉᆞ미 장대에 올아셔 ᄒᆡ금(奚琴)을 혀거를 드로라
얄리 얄리 얄라셩 얄라리 얄라

가다니 ᄇᆡ브른 도긔 설진 강수를 비조라
조롱곳 누로기 ᄆᆡ와 잡ᄉᆞ와니, 내 엇디 ᄒᆞ리잇고
얄리 얄리 얄라셩 얄라리 얄라

따라 써 보세요

살어리 살어리랏다

청산(靑山)애 살어리랏다

멀위랑 다래랑 먹고

청산(靑山)애 살어리랏다

얄리 얄리 얄랑셩 얄라리 얄라

우러라 우러라 새여

자고 니러 우러라 새여

널라와 시름 한 나도

자고 니러 우리노라

얄리 얄리 얄라셩 얄라리 얄라

가던 새 가던 새 본다

믈아래 가던 새 본다

잉무든 장글란 가지고

믈아래 가던 새 본다

얄리 얄리 얄라셩 얄라리 얄라

이링공 뎌링공 ᄒᆞ야

나즈란 디내와손뎌

오리도 가리도 업슨 바므란

또 엇디 호리라

얄리 얄리 얄라셩 얄라리 얄라

어디라 더디던 돌코

누리라 마치던 돌코

믜리도 괴리도 업시

마자셔 우니노라

얄리 얄리 얄라셩 얄라리 얄라

살어리 살어리랏다

바다래 살어리랏다

ᄂᆞᄆᆞ마자기 구조개랑 먹고

바다래 살어리랏다

얄리 얄리 얄라셩 얄라리 얄라

가다가 가다가 드로라

에졍지 가다가 드로라

사ᄉᆞ미 장대에 올아셔

ᄒᆡ금을 혀거를 드로라

얄리 얄리 얄라셩 얄라리 얄라

가다니 빈브론 도긔

설진 강수를 비조라

조롱곳 누로기 매와 잡ᄉᆞ와니

내 엇디 ᄒᆞ리잇고

얄리 얄리 얄라셩 얄라리 얄라

이해와 감상

삶의 비애와 고뇌를 노래

〈청산별곡〉은 오늘날 우리에게 가장 사랑을 받고 있는 고려가요 중의 하나란다. 여러분 중에서 이 노래를 아는 친구도 있을 정도이니 말이야. 이 작품은 모두 8연으로 구성되어 있어. 작품에 나오는 '청산'과 '바다'는 힘든 현실과 대비되는 공간으로 화자가 살고 싶어 하는 공간이야.

1연과 5연에서는 서로 대칭을 이루며 '청산', '바다'에 살고 싶은 소망을 노래하는데 산에서 나는 열매인 '머루와 다래', 바다에서 나는 '나마자기, 구조개'라는 소박한 음식을 먹고 평화롭게 살고자 하지.

2연에서는 비탄에 잠긴 슬픔을 새를 통해 감정이입* 하고 있어. 3연에서는 '믈아래 가던 새'를 보며 속세에 대한 미련을, 4연에서는 아무도 찾지 않는 고독함을, 5연에서는 던져진 돌에 맞아 신음하는 고통스런 운명에 한탄한단다.

7연에서는 사슴이 장대에 올라가 해금을 켜는 기적이 오기를 꿈꾸다가 8연에서는 술에 취해 고통을 잊으려 하고 있지.

* **감정이입** 자연의 풍경이나 예술 작품 따위에 자신의 감정이나 정신을 불어넣거나, 대상으로부터 느낌을 직접 받아들여 대상과 자기가 서로 통한다고 느끼는 일
* **취락사상** 술에 취해 근심을 잊고 즐거움을 얻으려는 태도

3연의 '잉무든 장글'이 뜻하는 바가 무엇일까? 학자들은 여러 해석을 내놓고 있어. 이끼 묻고 녹슨 쟁기일까? 병기나 은장도는 아닐까? 어떤 뜻일지에 따라 이 글의 작자가 전쟁을 피해 떠도는 유랑민이냐, 연인을 잃은 여인이냐, 아니면 지식인이냐로 견해가 나뉘어지기도 해. 대부분의 고려가요는 오랜 기간 구전되다가 조선 시대에 와서야 문자로 정착되었기 때문에 한 개인의 작품이라기보다 많은 사람들의 참여와 첨삭이 이루어진 작품이라 할 수 있어.

이 노래에는 고려 시대 사람들의 자연애, 현실 도피와 은둔에 대한 지향, 취락사상*등 우리 문학의 중요한 전통이 된 여러 정서와 태도가 잘 드러나 있어. 또 현실에서 겪는 고통에 대한 하소연이 진솔하고도 절실하게 드러나 있지. 특히 〈청산별곡〉은 남녀 간의 애정을 주로 다루었던 다른 고려가요에 비해, 삶의 비애와 고뇌를 주된 내용으로 하고 있어 〈서경별곡〉, 〈가시리〉와 함께 문학성이 뛰어난 작품으로 손꼽힌단다.

한 걸음 더

이 노래의 후렴구에 나오는 '얄리얄리 얄라셩'은 울림소리를 사용하여 밝고 신나는 느낌이 난다고 해. 시가문학에서 후렴구는 어떤 역할을 할까?

서경별곡(西京別曲)

– 작자 미상

서경이, 서경이 서울이지마는

중수(重修)한 (작은) 서울을

사랑하지만은

당신과 이별하느니 차라리 길쌈하던

베를 버리고라도

나를 사랑해 주신다면 울면서라도

따라가겠습니다.

구슬이 바위에 떨어진다고 해서

끈이야 끊어지겠습니까?

천년을 외롭게 살아간다고 해서

믿음이 끊어지겠습니까?

대동강이 넓은 줄 몰라서

배를 내어 놓았느냐? 사공아

네 아내가 바람난 줄도 모르고

떠나는 배에 내 님을 태웠느냐? 사공아

(내 연인은) 대동강 건너편의 꽃을

배를 타고 건너면 꺾을 것입니다.

西京(서경)이 아즐가 西京이 셔울히 마르는
위 두어렁셩 두어렁셩 다링디리
닷곤 ᄃᆡ 아즐가 닷곤 ᄃᆡ 쇼셩경 괴요마른
위 두어렁셩 두어렁셩 다링디리
여ᄒᆡ므론 아즐가 여ᄒᆡ므론 질삼뵈 ᄇᆞ리시고
위 두어렁셩 두어렁셩 다링디리
괴시란ᄃᆡ 아즐가 괴시란ᄃᆡ 우러곰 좃니노이다
위 두어렁셩 두어렁셩 다링디리

구스리 아즐가 구스리 바회예 디신ᄃᆞᆯ
위 두어렁셩 두어렁셩 다링디리
긴히ᄯᆫ 아즐가 긴히ᄯᆫ 그츠리잇가 나ᄂᆞᆫ
위 두어렁셩 두어렁셩 다링디리
즈믄 ᄒᆡ를 아즐가 즈믄 ᄒᆡ를 외오곰 녀신ᄃᆞᆯ
위 두어렁셩 두어렁셩 다링디리
신(信)잇ᄃᆞᆫ 아즐가 신(信)잇ᄃᆞᆫ 그츠리잇가 나ᄂᆞᆫ
위 두어렁셩 두어렁셩 다링디리

대동강(大同江) 아즐가 대동강(大同江) 너븐디 몰라셔
위 두어렁셩 두어렁셩 다링디리
ᄇᆡ 내여 아즐가 ᄇᆡ 내여 노ᄒᆞᆫ다 샤공아

위 두어렁셩 두어렁셩 다링디리
네 가시 아즐가 네 가시 럼난디 몰라셔
위 두어렁셩 두어렁셩 다링디리
녈 ᄇᆡ예 아즐가 녈 ᄇᆡ예 연즌다 샤공아
위 두어렁셩 두어렁셩 다링디리
대동강(大同江) 아즐가 대동강(大同江) 건넌편 고즐여
위 두어렁셩 두어렁셩 다링디리
ᄇᆡ 타들면 아즐가 ᄇᆡ 타들면 것고리이다 나ᄂᆞᆫ
위 두어렁셩 두어렁셩 다링디리

西京(서경)이 아즐가

西京이 셔울히 마르는

위 두어렁셩 두어렁셩 다링디리

닷곤 듸 아즐가 닷곤 듸 쇼셩경 괴요마른

위 두어렁셩 두어렁셩 다링디리

여히므론 아즐가 여히므론

질삼 뵈 ᄇᆞ리시고

위 두어렁셩 두어렁셩 다링디리

괴시란듸 아즐가

괴시란듸 우러곰 좃니노이다

따라 써
보세요

위 두어렁셩 두어렁셩

다링디리

구스리 아즐가 구스리 바회예 디신둘

위 두어렁셩 두어렁셩 다링디리

긴히뚠 아즐가 긴히뚠 그츠리잇가 나는

위 두어렁셩 두어렁셩 다링디리

즈믄 힛를 아즐가 즈믄 힛를

외오곰 녀신둘

위 두어렁셩 두어렁셩 다링디리

신(信)잇둔 아즐가 신(信)잇둔

그츠리잇가 나는

위 두어렁셩 두어렁셩 다링디리

대동강(大同江) 아즐가 대동강(大同江)

너븐디 몰라셔

위 두어렁셩 두어렁셩 다링디리

빅 내여 아즐가 빅 내여 노혼다 샤공아

위 두어렁셩 두어렁셩 다링디리

네 가시 아즐가 네 가시 럼난디 몰라셔

위 두어렁셩 두어렁셩 다링디리

녈 빅예 아즐가 녈 빅예

연즌다 샤공아

위 두어렁셩 두어렁셩 다링디리

大同江 아즐가 大同江 거넌편 고즐여

위 두어렁셩 두어렁셩 다링디리

빅 타들면 아즐가 빅 타들면

것고리이다 나는

위 두어렁셩 두어렁셩 다링디리

이해와 감상

여주인공의 애절한 심리 변화가 돋보이는 노래

《악장가사》와 《시용향악보》에 전하는 〈서경별곡〉은 내용상 크게 세 단락으로 나눌 수 있어.

첫째 단락에서는 만약에 사랑하는 님이 자신을 두고 떠나간다면 정든 고장 서경과 길쌈하던 베도 다 버리고 울면서 따르겠다고 해.

두 번째 단락에서는 구슬이 바위에 떨어져 깨어져도 그 끈은 끊어지지 않는 것처럼 자신은 천 년을 홀로 지낸다 해도 믿음을 저버리지 않겠다고 다짐하고 있어.

세 번째 단락에서는 님이 정작 배를 타고 대동강을 건너가자 뱃사공을 원망하며 다른 여자를 만날까 조바심 내는 심정을 그리고 있지.

이 작품에는 상황의 변화에 따라 변하는 여주인공 심리가 간결하고도 애절한 어조로 그려져 있어. 특히 아름다운 율조와 다양하면서도 반복적인 여음을 활용하는 음악적 효과를 통해 분위기를 한층 높이고 있구나.

2연의 가사는 같은 고려가요인 〈정석가〉의 맨 마지막 연에도 등장하는데 아마 당시에 유행하던 가사였던 것으로 추측할 수 있어. 아니면 위의 태도 변화나 정석가와 동일한 부분이 조선 시대에 궁중 가사로 개편될 때 추가되거나 삭제되어 나타난 것이라는 추측도 있지.

이별을 담담히 받아들이기는커녕 자기 생업까지 내팽개치고 사랑하기만 해 준다면 울면서라도 따라갈 거라고 매달리기도 하고 그럼에도 연인이 자기를 버리고 떠나니까 애꿎은 뱃사공에게 화풀이까지 하면서 이별을 강력히 거부하고 있는 것으로 보아 이 작품의 화자는 아주 다부지고 연인에 대한 집착이 매우 강한 여성이라 할 수 있어.

같은 고려가요이면서 똑같이 화자가 여성인 〈가시리〉와는 전혀 다른 내용이지? 〈가시리〉의 화자가 연인과 이별하는 것을 담담히 받아들이는 전통적인 여성상을 띤다면, 〈서경별곡〉의 화자는 전통적인 여성상과는 아주 거리가 멀게 느껴져. 한편 〈가시리〉보다 더 순종하는 모습을 보이는 데다 아예 축복까지 해 주는 김소월의 〈진달래꽃〉과는 더욱 대조를 이루고 있지.

한 걸음 더

〈서경별곡〉의 여성 화자는 우리의 전통적 여인상과는 다르다고 해. 전통적 여인상은 어떤 모습을 말하는지 김소월의 〈진달래꽃〉이라는 시를 바탕으로 두 여인의 상황을 비교해 보면 어떨까?

동동(動動)

– 작자 미상

서사

덕은 뒤에 바치옵고 복은 앒에 바치오니

덕이여, 복이라 하는 것을 바치러

오십시오.

덕으란 곰배예 받잡고 복으란 림배예 받잡고

덕이여 복이라 호날 나자라 오소이다

아으 동동다리

1월령

정월 냇물은 아아, 얼었다 녹았다 하는데

세상에 태어나서 이 몸이여,

홀로 살아가는구나.

정월 나릿 므른 아으 어져 녹져 하논대
누릿 가온대 나곤 몸하 하올로 녈셔
아으 동동다리

2월령(연등일)

이월 보름에 아아, 높이 켜놓은
등불 같구나.
만인을 비추실 모습이시도다

이월 보로매 아으 노피 현 등블 다호라
만인 비취실 즈지샷다
아으 동동다리

3월령

삼월 지나며 핀 아아,

늦봄의 진달래꽃이여.

남이 부러워할 모습을 지니고

태어나셨구나.

삼월 나며 개 한 아으 만춘 달욋고지여
ᄂᆞ미 브롤 즈ᅀᅳᆯ 디녀 나샷다
아으 동동다리

4월령

사월을 잊지 않고

오는구나 꾀꼬리새여, 아아,

무슨 까닭으로 녹사님은

옛적의 나를 잊고 계시는가.

사월 아니 니저 아으 오실셔 곳고리새여
므슴다 錄事(녹사)니믄 녯롤 나랄 닛고신뎌
아으 동동다리

5월령(단오)

오월 오일에 아아, 단오날 아침 약은

천 년을 오래 사실 약이기에

바치옵니다.

오월 오일애 아으 수릿날 아춤 약은
즈믄 힐 장존ᄒᆞ샬 약이라 받좁노이다
아으 동동다리

6월령(유두일)

유월 보름에 아아, 벼랑에 버린

빗 같구나

돌아보실 임을 잠시나마

따르겠습니다.

유월 보로매 아으 별해 바룐 빗 다호라

도라 보실 니믈 적곰 좃니노이다
아으 동동다리

7월령(백중)

칠월 보름에 아아, 여러가지
제물을 벌여 놓고
님과 함께 살아가고자
소원을 빕니다.

칠월 보로매 아으 백종 배ᄒᆞ야 두고
니믈 ᄒᆞᆫᄃᆡ 녀가져 원을 비ᅀᆞᆸ노이다
아으 동동다리

8월령(추석)

팔월 보름은 아아, 가윗날이지마는
님을 모시고 (함께) 지내야만

오늘이 (진정한) 가윗날입니다.

팔월 보로문 아으 가배나리마론
니믈 뫼셔 녀곤 오놀낤 가배샷다
아으 동동다리

9월령(중양절)

구월 구일에 아아, 약이라고
먹는 노란 국화꽃,
꽃이 집안에 드니 초가집이 고요하구나.

구월 구일애 아으 약이라 먹논 황화
고지 안해 드니 새셔 가만ᄒᆞ애라
아으 동동다리

10월령

시월에 아아, 잘게 썰은 보리수

나무 같구나.

꺾어버리신 후에 지니실 한 분이

없으시도다.

시월애 아으 져미연 ᄇᆞᄅᆞᆺ 다호라
것거 ᄇᆞ리신 후에 디니실 ᄒᆞᆫ 부니 업스샷다
아으 동동다리

11월령

십일월 봉당 자리에 아아,

홑적삼을 덮고 누워

너무 슬프도다. 사랑하는 임과

제각기 살아가는구나.

십일월 봉당 자리예 아으 한삼 두퍼 누워
슬ᄒᆞᆯ ᄉᆞ라온뎌 고우닐 스싀옴 녈셔
아으 동동다리

12월령

십이월 분지나무로 깎은 아아,

(임께) 드릴 소반 위의 젓가락

같구나.

임의 앞에 가지런히 놓으니

손님이 가져다 입에 뭅니다.

십이월 분디남ᄀᆞ로 갓곤, 아으 나ᅀᆞᆯ 盤(반) 잇 져 다호라

니믜 알ᄑᆡ 드러 얼이노니 소니 가재다 므ᄅᆞᅀᆞᆸ노이다

아으 동동다리

덕으란 곰배에 받잡고

복으란 림배에 받잡고

덕이여 복이라 호날 나자라 오소이다

아으 동동다리

정월 나릿 므른 아으 어져 녹져 하논대

누릿 가온대 나곤 몸하 하올로 녈셔

아으 동동다리

이월 보로매 아으 노피 현 등블 다호라

만인 비취실 즈지샸다

아으 동동다리

삼월 나며 개한 아으 만춘

달욋고지여

ᄂᆞᄆᆡ 브롤 즈슬 디녀 나샸다

아으 동동다리

사월 아니 니저 아으 오실셔 곳고리새여

므슴다 錄事(녹사)니만 녯 나를 닛고신뎌

아으 동동다리

오월 오일애 아으 수릿날 아침 약은

즈믄 힐 장존ᄒᆞ샬 약이라 받잡노이다

아으 동동다리

유월 ᄇᆞ로매 아으 별해 바룐 빗 다호라

도라보실 니믈 적곰 좃니노이다

아으 동동다리

칠월 보로매 아으 백종 배하야 두고

니믈 ᄒᆞᆫᄃᆡ 녀가져 원을 비잡노이다

아으 동동다리

팔월 보로만 아으 가배나리마란

니믈 뫼셔 녀곤 오ᄂᆞᆯ날 가배샷다

아으 동동다리

구월 구일애 아으 약이라 먹논 황화

고지 안해 드니 새셔 가만하얘라

아으 동동다리

시월애 아으 져미연 바랏 다호라

것거 바리신 후에 디니실 한 부니

업스샤다

아으 동동다리

십일월 봉당 자리예

아으 한삼 두퍼 누워

슬홀ᄉᆞ라온뎌 고우닐 스싀옴 녈셔

아으 동동다리

십이월 분디남가로 갓곤

아으 나잘 盤(반) 잇 져 다호라

니믜 알ᄑᆡ 드러 얼이노니, 소니

가재다 므ᄅᆞᆸ노이다

아으 동동다리

이해와 감상

최초의 월령체 노래이자 놀이

〈동동〉은 1월부터 12월까지의 노래를 일컫는 월령체 노래 형식의 최초라고 할 수 있는 작품이야. 임을 잃은 여인의 애절한 심정을 각 달의 풍속과 함께 드러내고 있어. 민요풍의 형식으로 되어 있으며, 후렴구의 '동동'은 북소리를, '다리'는 악기 소리를 흉내 낸 의성어*란다.

고려 시대에 구전되어 오다가 조선 시대에 들어와 문자로 정착되었는데, 기록에 따르면 〈동동〉은 노래이자 놀이로, 노래는 '동동사'라 하고 놀이는 '동동지희'라 하여 구별했다고 해. '동동'이라는 제목은 장마다 되풀이되는 후렴구 '아으 동동 다리'에서 따온 거야.

가사는 한글로 《악학궤범》에, 작품해설은 《고려사》 악지 속악조에 각각 실려 있어. 내용에 남녀 간의 애정을 그린 것이 많다 하여 고려 시대의 속요로 보기도 하지만 고려 시대부터 이 노래는 아박(牙拍)*의 반주가로 불리었어.

본래 민속과 관련된 단순한 민요였는데 궁중악이 되면서 서정적

* **의성어** 사람이나 사물의 소리를 흉내 낸 말
* **아박(牙拍)** 고려 시대 궁중무용의 하나
* **연장체** 연으로 나뉘어 이어지는 형식으로 고려가요의 특징이다.
* **달거리** 정월에서 십이월까지 매월 절기에 맞추어 소망하는 내용을 서술하는 민요 형식의 노래

노래로 변한 것으로 추측하고 있지. 그래서 각 연의 주제가 통일되어 있지 않고 시상의 흐름 역시 자연스럽지 않단다.

내용을 살펴보면 서사와 2, 3, 5월령은 임에 대한 순수한 송축을 나타내고 있는데, 이때의 임은 임금이거나 임금처럼 높이 추앙되던 공적인 사람일 수 있어. 그러나 4월령은 개인적인 정서를 노래하고 있고, 6, 7, 8월령은 공적 정서와 개인적 정서가 함께 나타나고 있지.

민요의 달거리*는 달마다 세시풍속을 노래의 배경으로 삼고 있는데, 보통 1월은 답교, 2월은 연등, 5월은 단오가 배경이 돼. 이 점은 〈동동〉도 마찬가지야. 그러나 〈동동〉은 세시풍속이 어떤 달은 확실히 드러나 있는가 하면 어떤 달은 무엇을 노래하는지 불확실한 것도 있어. 이 작품에서 2월은 연등, 5월은 단오, 6월은 유두, 7월은 백중, 8월은 추석, 9월은 중양을 각각 배경으로 하고 있단다.

한 걸음 더

이 노래에서 알 수 있는 우리 고유의 세시풍속, 연등, 단오, 한가위, 중양절에 대해 좀 더 알아보면 어떨까.

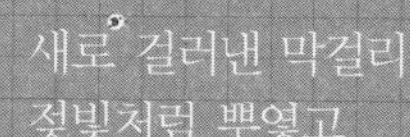

새로 걸러낸 막걸리
젖빛처럼 뿌옇고

큰 사발에 보리밥,
높기가 한 자로세.

한시

- 제가야산독서당
- 추야우중
- 송인
- 봄비
- 탐진촌요
- 보리타작

우리나라 지식인들도 즐겼던 중국의 전통시

한시(漢詩)는 원래 중국의 전통시를 말한다. 중국 문학에서 시가가 가장 성행했던 시기는 당나라 때였던 것으로 알려져 있다. 시대의 변천과 함께 그 형식을 갖추어 오다가 당나라 때에 이르러 엄격한 규칙을 강조하는 전형(典型)*이 확립되었다. 전형에는 기본적으로 음수율*, 시행률*, 음위율*, 음성률*이 적용되며 그 외에도 여러 가지 엄격한 규칙이 따른다. 이렇게 엄격한 규칙을 강조하는 당나라 이후의 한시를 근체시, 그 이전의 시를 고체시로 구분된다.

한시는 넉 줄로 된 절구*와 여덟 줄로 된 율시*로 구분하며, 내용은 기, 승, 전, 결 네 부분으로 나누어 감상할 수 있다. '기'에서는 시의 대상을 보면서 생각을 불러일으키는 부분이고, '승'은 이 내용을 이어받아 보충하여 분위기를 살린다. '전'에서는 시상을 틀어서 전환해야 하는데 그렇게 되면 1 2구와, 3구 사이에는 단절이 온다. 그 단절에 독자들이 의아해 할 때 4구 '결'에 가서 그 단절을 메워 묶어 줌으로써 하나의 완결된 구조를 이루게 된다.

우리나라 학자들도 한시를 널리 지었는데 대표적인 작가가 당나라로 가서 공부하고, 그곳에서 급제하고 벼슬까지 지내다 온 최치원이다. 최치원은 신라로 돌아와 정치개혁에 힘썼으나 신라 신분제의 한계에 부딪쳐 뜻을 이루지 못하고 좌절하여 가야산으로 들어간다. 그의 시에는 시대를 안타까워하는 심정이 곳곳에 드러난다.

고려 시대 대표적인 시인이던 정지상의 〈송인〉은 우리나라 한시의 역사 중에서 가장 이름난 글귀를 남겼다. 조선후기 실학자이던 정약용은 봉건제가 붕괴되는 혼란한 현실과 그 속에서 고통 받던 백성들의 모습을 문집 《여유당전》에 2500여 편의 시편에 담아내고 있다. 허난설헌은 돌아오지 않는 남편을 기다리며 집안에만 갇혀 있던 조선 사대부가 여인의 외로움을 문학에 녹여냈다.

* **전형(典型)** 가장 일반적이고 본질적인 특성으로 기준이나 규범이 된다.
* **음수율(音數律)** 시에서 음절의 수를 일정하게 되풀이하여 만드는 운율
* **시행률(詩行)** 운율적으로 배열되어 있는 시의 행
* **음위율(音位律)** 비슷한 음을 가진 시어를 시구(詩句)나 시행(詩行)의 같은 위치에 규칙적으로 배치하여 운율의 아름다움을 이루는 일. 또는 그 운율
* **음성률(音聲律)** 시에서, 음의 장단이나 고저, 강약 따위를 일정하게 배열하여 운율을 맞추는 일
* **절구(絶句)** 한시의 근체시 형식의 하나. 기 · 승 · 전 · 결의 네 구로 이루어졌는데, 한 구가 다섯 자로 된 것을 5언절구, 일곱 자로 된 것을 7언절구라고 한다.
* **율시(律詩)** 여덟 구로 되어 있는 한시의 형식. 한 구가 다섯 자로 되어 있는 것을 5언율시라고 하고, 일곱 자로 되어 있는 것을 7언율시라고 한다.

제가야산독서당(題伽倻山讀書堂)

— 최치원

첩첩 바위 사이를 미친 듯 달려
겹겹 봉우리 울리니,
지척에서 하는 말소리도
분간키 어려워라.
늘 시비(是非)하는 소리 귀에 들릴세라,
짐짓 흐르는 물로 온 산을
둘러 버렸다네.

狂奔疊石吼重巒(광분첩석후중만)
人語難分咫尺間(인어난분지척간)
常恐是非聲到耳(상공시비성도이)
故敎流水盡籠山(고교유수진농산)

첩첩 바위 사이를 미친 듯 달려

겹겹 봉우리 울리니,

지척에서 하는 말소리도

분간키 어려워라.

늘 시비(是非)하는 소리 귀에 들릴세라,

짐짓 흐르는 물로 온 산을

둘러 버렸다네.

세상을 멀리하고 산중에 은둔하고 싶은 심경

이 시는 최치원이 가야산에 은거할 때 지은 시로 명작의 하나로 꼽힌단다. 시를 읽어 보면 산골의 시냇물 소리를 강렬하게 묘사하고 그 소리를 인간 세상의 소리와 대비시키고 있어. 다시 말해 세상의 소리에 대해 부정적인 태도를 표현한 뒤에 세상과 인연을 끊고 고독 속에 잠기려는 의지를 나타낸 것이지. 이와 같이 세상일에 등지려는 최치원의 태도 속에는 세상으로부터 받은 상처와 절망감이 깃들어 있어.

이 시를 읽어 보면 산수동양화 한 폭이 떠올라. 눈을 감고 시를 감상해 보면 높은 산봉우리와 바위들이 서로 얽혀 있는 골짜기를 멋대로 내달리는 세찬 냇물 곁에 고요한 독서당 건물 한 채와 그 건물 안에서 유관(儒冠)*을 쓰고 독서에 열중하는 주인공의 모습이 떠오르는 거 같아. 바로 곁에서 말하는 사람들의 말소리도 세차게 흐르는 물소리에 묻혀 들을 수 없을 거야.

이 시에서 작가는 급속하게 몰락의 길을 걷기 시작하던 신라 말기의 현실을 외면하고 싶은 마음을 읊조리고 있어. 신라 정부는 힘과 권력으로 백성을 짓누르고 지방의 호족들은 자신들의 세력을 키우기 위

* **유관(儒冠)** 유생들이 쓰는 관

해 서로 다투었단다. 이런 세상에서 휘둘리며 살고 싶지 않다는 뜻이겠지. 신분제 사회에서 마음껏 뜻을 펼칠 수 없었던 최치원의 세상을 멀리하고 산중에 은둔하고 싶었던 심경을 잘 보여주고 있어.

한 걸음 더

신분제 사회에서 마음껏 뜻을 펼칠 수 없었던 최치원의 좌절감에 대해 한 번 생각해 봐. 그가 만약 현대 사회에 태어났다면 어떤 인물이 되었을까?

추야우중(秋夜雨中)

— 최치원

가을 바람에 이렇게 힘들여 읊고

있건만

세상 어디에도 날 알아주는 이 없네.

창밖엔 깊은 밤비 내리는데

등불 아래 천만 리 떠나간 마음.

秋風唯苦吟(추풍유고음)
世路少知音(세로소지음)
窓外三更雨(창외삼경우)
燈前萬里心(등전만리심)

가을 바람에 이렇게 힘들여 읊고 있건만

세상 어디에도 날 알아주는 이 없네.

창밖엔 깊은 밤비 내리는데

등불 아래 천만 리 떠나간 마음.

秋風唯苦吟(추풍유고음)

世路少知音(세로소지음)

窓外三更雨(창외삼경우)

燈前萬里心(등전만리심)

이해와 감상

신분제에 막힌 지식인의 좌절과 외로움

당나라에서 문장가로 이름을 떨쳤던 최치원이 자신을 알아주지 않는 세상에 대한 고독과 외로움을 표현한 5언절구의 한시야.

최치원은 신라 말기의 대학자로 12세에 당나라에 유학하여 18세에 과거에 급제했어. '황소의 난*'이 일어나자 병마도총 종사관이 되어 〈토황소격서〉*라는 격문을 지어 적의 간담을 서늘케 했지.

신라로 돌아와 28세에는 한림학사가 되었고 시무책 10여 조를 올려 정치를 바로잡으려 했으나, 난세로 뜻을 이루지 못하고 가야산에서 은거하다가 생을 마쳤다고 해.

이 작품의 주제는 이러한 최치원의 생애를 고려해 볼 때 창작 시기에 따라 두 가지로 해석될 수 있어. 최치원이 당나라에 머무는 동안으로 보기도 하고, 신라로 돌아온 이후로 보기도 하는데, 전자로 본다면 타국에서 소외받는 이방인으로 쓸쓸하게 지내던 최치원이 고국을 그리워하는 마음을 표현한 것으로 볼 수 있지. 반면 후자로 본다면 고국에 돌아왔지만 자신의 탁월한 능력을 발휘할 수 없어 좌절한

* **황소의 난** 중국 당나라 말기 때 일어난 농민반란. 당나라가 멸망하는 계기가 되었다.
* **〈토황소격서〉** 최치원이 중국 당나라에서 벼슬하며 황소를 치기 위하여 지은 격문. 이 격문은 적장의 간담을 서늘하게 한 명문으로 평가받는다.

지식인이 세상에 대해 느끼는 거리감을 표현한 것으로 볼 수 있어. 6두품이라는 신분적 한계를 지니고 있었던 작가의 처지나, 방랑 생활을 하며 가야산에서 은거했던 말년을 생각해 본다면 후자의 관점이 더 타당하게 느껴져. 신분제에 막혀 세상에 자기의 뜻을 크게 펼치지 못한 지식인의 좌절감을 문학적으로 형상화한 작품으로 보는 것이지.

한 걸음 더

만리심(萬里心), '천만 리 떠나간 마음'은 화자가 세상을 멀리 떠나왔다는 거리감일 수도 있고 여전히 세상일에 대한 미련과 걱정을 끊지 못하고 있음을 나타내는 것일 수도 있어. 당시 최치원이 처한 상황을 생각하며 다양하게 감상해 보면 좋겠어.

송인(送人)

– 정지상

비 개인 긴 강둑엔 풀빛이 짙었는데
남포에서 임 보내니 슬픈 노래 울리네.
대동강 물은 그 언제 마를 건가
이별의 눈물 해마다 푸른 물결에
더하거니.

雨歇長堤草色多(우헐장제초색다)
送君南浦動悲歌(송군남포동비가)
大洞江水何時盡(대동강수하시진)
別淚年年添綠波(별루연년첨녹파)

비 개인 긴 강둑엔 풀빛이 짙었는데

남포에서 임 보내니 슬픈 노래 울리네.

대동강 물은 그 언제 마를 건가

이별의 눈물 해마다 푸른 물결에 더하거니.

雨歇長堤草色多(우헐장제초색다)

送君南浦動悲歌(송군남포동비가)

大洞江水何時盡(대동강수하시진)

別淚年年添綠波(별루연년첨녹파)

이해와 감상

서글픈 이별의 정

이 시는 7언절구로 '대동강(大同江)'이라고도 하고, '송우인(送友人)'이라고도 불려. 고려 중기에 정지상이 지었으며 '이별의 슬픔'이 주제란다.

이 노래는 한시의 전통적인 형식에 따라 서경과 서정의 세계를 함께 보여 주고 있는 작품이야. 천 년 동안 이보다 나을 작품이 없다는 평을 들을 정도로 칭찬이 자자하지. 고사나 전례를 쓰지 않고, 진솔하고 직접적으로 이별의 슬픔을 읊어 공감을 얻었어. 결구의 '첨록파(添綠波)'는 정지상이 원래 '첨작파(添作波)'라 쓴 것인데 이제현*에 의해 고쳐진 것이라고 해.

1연은 비가 개인 뒤의 아름답고 생명력 넘치는 자연을 묘사한 부분으로 화자의 처지나 감정과 대조를 이뤄. 주제를 압축적으로 제시한 2연은 남포에서 임을 떠나보내니 슬픈 노래가 저절로 솟아난다고 했어. '대동강 물이 언제 마를 것인가'를 묻는 3연은 다소 뜬금없다는 느낌이 들기도 하는데 눈물 때문에 마를 날이 없을 것이라는 뜻을 담

* **이제현** 고려 말기의 학자로 왕명으로 실록을 편찬하였고 고려의 민간 가요 17수를 한시로 번역하였다.
* **설의** 의문을 내세워 뜻을 강조함
* **도치** 어순을 바꾸어 뜻을 강조함

은 설의*적 표현이야. 해마다 사랑하는 이들이 애절한 이별의 눈물을 흘릴 것이니, 어떻게 대동강 물이 마를 수가 있겠느냐는 뜻이야. 3연에서 시상의 전환을 이루어 물음을 던진 뒤 4연을 통해 극적인 표현을 이루어 내고 있지. 3연과 4연이 순서가 도치*되어 인과관계를 이루고 있어. 물론 사람들이 흘리는 이별의 눈물에는 벗을 보내는 화자의 눈물도 포함되어 있으니, 이는 화자의 서글픈 이별의 정을 나타내는 부분이기도 해.

정지상은 고려 중기 때의 문신으로 정치가이자 뛰어난 시인이었어. 다섯 살 때 강에서 노는 해오라기를 보고 '누가 흰 붓으로 乙자를 강물에 썼는고'라는 시를 지었다는 일화가 야사로 전해져 올 만큼 어린 시절부터 시에 재능이 많았지. 그림과 글씨에도 재주가 남달랐다는구나. 정지상이 쓴 시는 《동문선》과 《동국여지승람》 등에 실려 전해져 오고 있어.

한 걸음 더

이 시를 기·승·전·결로 나누어 읽어 보고 한시의 특징에 대해 알아볼까?

봄비

– 허난설헌

보슬보슬 봄비는 못에 내리고

찬바람이 장막 속 스며들 제

뜬시름 못내 이겨 병풍 기대니

송이송이 살구꽃 담 위에 지네

春雨暗西池(춘우암서지)
輕寒襲羅幕(경한습라막)
愁依小屏風(수의소병풍)
墻頭杏花落(장두행화락)

보슬보슬 봄비는 못에 내리고

찬바람이 장막 속 스며들 제

뜬시름 못내 이겨 병풍 기대니

송이송이 살구꽃 담 위에 지네

春雨暗西池(춘우암서지)

輕寒襲羅幕(경한습라막)

愁依小屛風(수의소병풍)

墻頭杏花落(장두행화락)

규중 여인의 외로운 마음을 노래

이 시는 규중* 여인의 외로운 마음을 표현한 5언절구의 한시란다. 연못에 부슬부슬 내리는 봄비와 살구꽃이 떨어지는 것을 배경으로 남편의 사랑을 받지 못하는 여인의 외로움을 나타내고 있지. 봄비는 화자의 쓸쓸함을 자아내는 배경이고 찬바람 또한 화자의 외로운 처지를 암시적으로 나타낸다고 볼 수 있어. 살구꽃은 봄날 한때 피었다가 지는 꽃으로 인생의 짧은 젊음을 상징해. 화자는 봄비에 하나둘 떨어지고 있는 살구꽃을 바라보며, 자신의 젊음이 허망하게 지나가고 있음을 한탄하고 있단다.

다른 한시처럼 이 시도 전반부에서 시간적 공간적 배경을 묘사하고 후반부에서 화자의 감정을 표현하는 선경후정의 시상 전개를 하고 있어.

자신의 감정과 처지를 직설적으로 드러내지 않으면서도 정경의 묘사를 통해 절절한 감정을 절제된 어조로 표현해 낸 작품이야.

허난설헌은 또 가난한 여인네들의 고충과 애환을 담은 시를 쓰기도 했어. 〈빈녀음〉(貧女吟)라는 작품이야. 가난한 여인의 탄식이라는

---

* **규중** 전통 가옥에서 여성들의 생활 공간이 되는 안채의 방. 또는 여성들의 거주 공간 자체를 가리킴

뜻이지.

가위로 싹둑싹둑 옷 마르노라니
추운밤에 손끝이 아리네
시집살이 길옷은 밤낮이건만
이내 몸은 해마다 새우잠인가

여인은 낮에는 고된 들일을 하고 밤에는 식구들의 옷을 만드느라 잠을 못 자고 있어. '해마다 새우잠인가'라는 한탄에서 불평등한 현실을 비판하는구나. 허난설헌은 조선 중기 때의 여류시인이야. 난설헌은 호란다. 어릴 때부터 시에 재능이 특출했다고 해. 《홍길동전》을 쓴 허균의 누나이지. 열다섯 살에 결혼하였으나 남편과 사이도 안 좋았고, 자식을 모두 잃는 등 행복하지 못했어. 그래서 자신의 처지를 시를 쓰는 것으로 달래었어. 쓸쓸하고 비극적인 시풍은 이러한 인생 탓이 컸어. 하지만 그녀만의 독특한 시 세계를 이루어냈구나.

한 걸음 더

허난설헌은 조선 중기를 대표하는 여류시인이야. 그녀가 어떤 인물인지, 삶은 어떠하였는지 알아볼까?

탐진촌요(耽津村謠)

– 정약용

새로 짜낸 무명이 눈결처럼 고운데
이방 줄 돈이라고 아전이 뺏어 가네.
누전 세금 독촉을 성화처럼 서두르니
세미선이 이삼월 중순
서울로 떠난다네.

棉布新治雪樣鮮(면포신치설양선)
黃頭來博吏房錢(황두래박이방전)
漏田督稅如星火(누전독세여성화)
三月中旬道發船(삼월중순도발선)

새로 짜낸 무명이 눈결처럼 고운데

이방 줄 돈이라고 아전이 뺏어 가네.

누전 세금 독촉을 성화처럼 서두르니

세미선이 이삼월 중순 서울로 떠난다네.

棉布新治雪樣鮮(면포신치설양선)

黃頭來博吏房錢(황두래박이방전)

漏田督稅如星火(누전독세여성화)

三月中旬道發船(삼월중순도발선)

농민들의 힘겨운 생활을 표현하고 노래

〈탐진촌요〉는 다산 정약용 선생이 오랜 유배생활을 했던 탐진(지금의 강진)에서 눈으로 직접 본 백성들의 고통을 민요풍으로 노래한 7언절구의 한시란다. 농촌의 현실과 농민들의 힘겨운 생활을 그린 다른 작품 〈탐진농가〉, 〈탐진어가〉와 함께 3부작을 이루고 있어. 〈탐진촌요〉는 모두 15수로 구성되어 있는데 여기에 소개하는 것은 7수야.

1구에는 새로 짠 무명의 고운 빛깔을 보며 뿌듯해하는 농민의 모습이 그려져 있으며, 2구에는 이를 빼앗아 가는 지방 관리의 횡포가 나타나 있어. 1구와 2구의 대비를 통해서 농민의 허탈하고 억울한 심정을 절실하게 느낄 수 있으며, 말단의 지방 관리조차 그 횡포가 심하였음을 고발하고 있지.

3구의 '누전 세금~ '은 토지대장의 기록에 빠져 있어 세금을 매길 근거가 없는 토지에까지 세금을 부과하는 가혹한 세정*이 나타나 있단다. '이방'과 '황두'는 백성들을 괴롭히는 탐관오리, 지방 관리를 의미하고 '세곡선'은 조세로 바친 세금을 실어 나르는 배를 말해.

* **세정** 세무에 관한 행정
* **《목민심서》** 정약용이 관리가 지켜야할 지침을 밝힌 책으로 관의 입장이 아닌 민의 입장에서 저술함
* **《경세유표》** 정약용이 행정 · 관제 · 토지제도 · 부세제도 등 모든 제도의 개혁 원리를 제시한 책

관리들의 가혹한 수탈에 시달리는 농민의 모습을 표현한 또 다른 작품으로는 이제현의 〈사리화〉, 이달의 〈습수요〉, 김창엽의 〈산민〉, 정약용의 〈고시8〉 등이 있어. 책에서 소개는 못하지만 찾아서 한 번 읽어 보면 좋겠구나.

정약용은 조선 후기의 학자로 실학사상을 집대성한 인물로 잘 알려져 있어. 호는 다산이란다. 당시 조선 사회 여러 부문에 개혁사상을 펴 나라를 부강하고, 백성을 편안하게 하고자 노력했어. 어릴 때부터 시를 잘 썼고, 문학, 정치, 사회, 경제 다방면에 학식이 뛰어났지. 《목민심서》*, 《경세유표》* 등 여러 권의 책을 남겼어.

한 걸음 더

<탐진촌요>는 작가의 애민정신과 현실 비판의식이 잘 나타나 있어. 이 시기 실학파들의 한시가 정통 중국 한시와 다르게 민요풍의 '조선시'로 불리는 근거를 찾아보자.

보리타작(打麥行)

— 정약용

새로 걸러낸 막걸리 젖빛처럼 뿌옇고
큰 사발에 보리밥, 높기가 한 자로세.
밥 먹자 도리깨 잡고 마당에 나서니
검게 그을린 두 어깨 햇볕 받아
번쩍이네.
응헤야, 소리 내며 발맞추어 두드리니
순식간에 보리 낟알 온 마당에
가득하네.
주고받는 노랫가락 점점 높아지는데
단지 보이느니 지붕 위에

보리티끌뿐이로다.

그 기색 살펴보니 즐겁기 짝이 없어

마음이 몸의 노예 되지 않았네.

낙원이 먼 곳에 있는 게 아닌데

무엇하러 벼슬길에서 헤매고 있으리요.

新芻濁酒如湩白(신추탁주여동백)

大碗麥飯高一尺(대완맥반고일척)

飯罷取枷登場立(반파취가등장립)

雙肩漆澤翻日赤(쌍견칠택번일적)

呼邪作聲擧趾齊(호사작성거지제)

須臾麥穗都狼藉(수유맥수도랑자)

雜歌互答聲轉高(잡가호답성전고)

但見屋角紛飛麥(단견옥각분비맥)

觀其氣色樂莫樂(관기기색락막락)

了不以心爲形役(요불이심위형역)

樂園樂郊不遠有(낙원락교불원유)

何苦去作風塵客(하고거작풍진객)

새로 걸러낸 막걸리 젖빛처럼 뿌옇고
큰 사발에 보리밥, 높기가 한 자로세.
밥 먹자 도리깨 잡고 마당에 나서니
검게 그을린 두 어깨 햇볕 받아 번쩍이네.
응헤야, 소리 내며 발맞추어 두드리니
순식간에 보리 낟알
온 마당에 가득하네.
주고받는 노랫가락 점점 높아지는데

단지 보이느니 지붕 위에

보리티끌뿐이로다.

그 기색 살펴보니 즐겁기 짝이 없어

마음이 몸의 노예 되지 않았네.

낙원이 먼 곳에 있는 게 아닌데

무엇하러 벼슬길에서 헤매고 있으리요.

농민들의 삶을 사실적으로 묘사

이 시는 조선 후기 실학 정신을 바탕으로 한 다산 정약용의 사실주의적 시 정신이 잘 드러난 작품이야. 특히 한시의 한 형식인 '행*'을 사용하여 즐겁게 노동하는 농민들의 모습을 실감나게 묘사했어.

양반인 화자는 보리타작에 열중하는 농민을 바라보며, 육체와 정신이 합일된 농민들의 노동이야말로 참된 삶이라고 말하고 있지. 특히 '막걸리', '보리밥', '도리깨', '보리 낟알', '보리 티끌'과 같은 당시 백성들의 삶과 관련된 시어를 구사하면서, 농민들의 삶을 사실적으로 묘사해. 화자의 평민에 대한 친밀한 태도와 애정도 느껴지는구나.

또한 화자는 건강한 농민들의 삶을 통해 자신의 삶을 돌아보면서 태도의 변화를 갖게 되는데, 여기서 새롭고 가치 있는 삶을 평민들의 삶에서 발견하고자 했던 선각자로서의 생각을 엿볼 수 있어.

정약용에게 강진은 제2의 고향이나 마찬가지였어. 귀양 와서 갈 곳 없는 다산에게 방을 내어준 조선 최고의 주모가 있었거든. 그 방을 바로 사의재(四宜齋)라고 부르는데, 정약용은 그곳에서 4년간 머물면서 《경세유표》를 집필하고 제자들을 가르쳤어. 그리고 만덕산에 있는 다

* **행(行)** 한시의 형식 중 하나로 사물이나 감정을 거침없이 표현하는 것

산초당에서 10년을 지내면서 《목민심서》를 썼어.

한 걸음 더

정약용의 실사구시, 실학정신이 어떤 사상인지 알아볼까?

이 아름다운
자연에 묻혀,

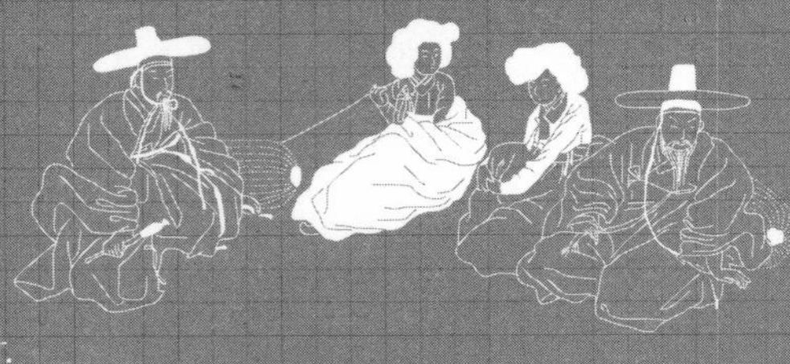

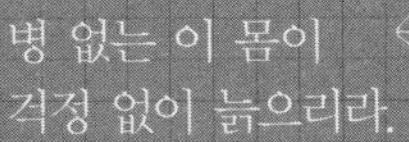

병 없는 이 몸이
걱정 없이 늙으리라.

시조

- 망국의 한
- 유교의 노래
- 자연과 인생
- 사랑의 노래
- 연시조
- 사설시조

다양한 주제, 짧은 형식의 노래

시조는 우리 문학 장르 중에서 가장 역사가 길고 주제도 다양하며 작가층도 여러 계층에 골고루 분포되어 있다. 향가와 고려가요 등의 영향으로 고려 중엽부터 생겨나서 고려 말에 그 형태가 완성되었다. 시조의 명칭은 고려가요와 경기체가 등에 비해 짧은 형식의 노래라는 뜻으로 '단가'라고 불렀다. 이후 조선 영조 때 이세춘이 '당대의 유행가요'라는 의미의 '시절가조'라는 새로운 곡조를 만든 뒤부터 '시조'라 불리었다.

고려 말에서 조선 시대까지 창작된 시조를 '고시조'라 하고 1920년대 시조 부흥 운동 이후 오늘날까지 이어져 오고 있는 시조를 '현대시조'라 한다. 현대시조는 '구별배행*'이라는 변형을 통해 정형시의 음수율을 살리면서도 자유시 같은 시각효과를 주어 세련미를 더하고 있다.

시조의 기본 형식은 일반적으로 3장 6구 45자 내외이다. 음수율은 3.4조 또는 4.4조의 4음보가 기본으로 되어 있는데 한두 글자 정도의 가감은 자유롭게 인정한다. 그러나 종장의 첫 구절(음보)은 3음절로 고정되어 있고, 둘째 음보는 5음절 이상이어야 하는데, 이는 시조 형식의 가장 엄격한 제한이다.

시조의 종류는 형식상 네 가지로 나누어 볼 수 있다.

평시조 : 전체(초장, 중장, 종장) 45자 안팎의 단형 시조

엇시조 : 평시조의 초장, 중장, 종장 중 어느 한 구가 길어진 중형 시조

연시조 : 3장 중 두 구 이상이 제한 없이 길어진 장형 시조

사설시조 : 한 제목 아래 평시조를 2수 이상 엮어 한 편의 작품을 이룬 시조

내용적 특징은 시대적 배경과 연관이 깊다. 고려의 시조들은 역사의 무상함을 쓸쓸하게 드러내며 망국의 한이 서려 있는데 비해 조선의 시조들은 임금에 대한 충성과 절개, 자기수양, 자연을 벗 삼아 사는 청빈한 선비정신을 담은 작품들이 많다. 조선 중기에는 황진이, 계량 같은 기녀들이 사랑과 이별의 감정을 노래하며 우리말의 아름다움을 한껏 살려내었다. 이후 평민들도 자신들의 고단한 삶을 담아내는 창작에 참여하였고 할 말이 많아지면서 형식이 변형되고 길어진 사설시조에는 양반에 대한 풍자와 비판이 노골적으로 등장하기도 한다.

시조를 잘 감상하는 방법은 시조의 기본 형식과 당시의 역사적 배경, 비유와 상징, 표현 기법을 생각하고 읽는 것이다. 이 책에서는 고려 말부터 조선 후기까지 나라 잃은 설움과 회한을 나타낸 망국의 한, 임금에 대한 충성과 절개를 표현한 유교의 노래, 자연을 벗 삼아 청빈하게 살고자 한 선비의 멋을 나타낸 자연과 인생, 한과 사랑, 여인들의 이별을 표현한 사랑의 노래, 또 연시조와 사설시조로 나누어 감상해 보자.

---

* **구별배행** 구별로 행을 배열한 시조로 6행으로 한 수가 이루어진다.

오백년(五百年) 도읍지를

– 길재

五百年(오백년)도읍지를

匹馬(필마)로 돌아드니

山川(산천)은 依舊(의구)ᄒᆞ되

人傑(인걸)은 간 듸 업다

어즈버 太平烟月(태평연월)이

ᄭᅮᆷ이런가 ᄒᆞ노라.

오백년이나 이어온 고려의 옛 서울에 한 필의 말을 타고 들어가니,

산천의 모습은 예나 다름없지만 (훌륭한) 인재들은 간 데 없다

아아, 고려의 태평했던 시절이 한낱 꿈처럼 허무하도다.

五百年(오백년)도읍지를

匹馬(필마)로 돌아드니

山川(산천)은 依舊(의구)ᄒᆞ되

人傑(인걸)은 간 ᄃᆡ 업다

어즈버 太平烟月(태평연월)이

ᄭᅮᆷ이런가 ᄒᆞ노라.

길재 고려 말, 조선 초의 성리학자로 조선이 건국된 뒤 이방원이 벼슬을 내렸으나 두 임금을 섬기지 않겠다고 거절했다. 목은 이색, 포은 정몽주, 야은 길재를 일컫는 삼은 중의 한 사람이다.

흥망(興亡)이 유수(有數)ᄒᆞ니

– 원천석

興亡(흥망)이 有數(유수)ᄒᆞ니

滿月臺(만월대)도 秋草(추초)로다.

五百年(오백년) 王業(왕업)이

牧笛(목적)에 부쳐시니,

夕陽(석양)에 지나는 客(객)이

눈물계워 하노라.

(나라가)흥하고 망하는 것에 정해진 운수가 있으니,

(화려했던 고려 궁궐의 옛터인) 만월대도 가을 풀이 우거져 황폐하도다.

고려 오백년의 왕업이 목동의 피리 소리로만 남았으니,

석양을 바라보며 이곳을 지나는 나그네가 눈물겨워 하더라.

興亡(흥망)이 有數(유수)ᄒᆞ니

滿月臺(만월대)도 秋草(추초)로다.

五百年(오백년) 王業(왕업)이

牧笛(목적)에 부쳐시니,

夕陽(석양)에 지나는 客(객)이

눈물계워 하노라.

원천석 고려 말, 조선 초의 문인이다. 고려 말의 혼란한 시국을 개탄하여, 치악산에 들어가 은둔생활을 하였다. 조선 건국 후 이방원이 여러 차례 벼슬을 내리고 그를 불렀으나 응하지 않았다.

선인교(仙人橋) 나린 물이

— 정도전

仙人橋(선인교) 나린 물이

紫霞洞(자하동)에 흐르르니

半千年(반천 년) 王業(왕업)이

물소릐쁜이로다.

아희야, 古國興亡(고국흥망)을 무러

무엇ᄒᆞ리오.

선인교 아래로 흘러내린 물이 자하동으로 흐르니

오백 년 왕조가 물소리밖에 남기지 않았구나

아아, 이미 망해 버린 나라의 흥망을 물어 봐야 무엇하겠느냐.

仙人橋(선인교) 나린 물이 紫霞洞(자하

동)에 흐르르니

半千年(반천 년) 王業(왕업)이

물소리뿐이로다.

아희야, 古國興亡(고국흥망)을

무러 무엇ᄒ리오.

정도전 조선의 기틀을 마련하고 건국을 설계한 학자이면서 무에도 능했다. 그러나 자신이 꿈꾸던 성리학적 이상 세계의 실현을 보지 못하고 이방원에 의해 단죄되었다.

구름이 무심(無心)튼 말이

– 이존오

구름이 無心(무심)튼 말이

아마도 虛浪(허랑)ᄒᆞ다.

中天(중천)에 ᄯᅥ이셔 任意(임의)로

ᄃᆞᆫ니면서

구ᄐᆞ야 光明(광명)ᄒᆞᆫ

날빗촐 ᄯᅡ라가며 덥ᄂᆞ니.

구름이 무심히 흘러간다는 것은 터무니없는 거짓말이다.

높은 하늘 가운데 떠서는 마음대로 다니면서

구태여 밝은 햇빛을 따라가며 덮는구나

구름이 無心(무심)툰 말이

아마도 虛浪(허랑)ㅎ다.

中天(중천)에 ㅆ더이셔 任意(임의)로

돈니면서

구ᄐᆞ야 光明(광명)훈

날빗출 ㅆ따라가며 덥ᄂᆞ니.

이존오 고려 말기의 문신으로 신돈의 횡포를 보고 이를 탄핵하다가 왕의 노여움을 샀다. 3수의 시조가 고시조집 《청구영언(靑丘永言)》에 올라 있다.

백설(白雪)이 ᄌᆞ자진 골에

– 이색

白雪(백설)이 ᄌᆞ자진 골에

구르미 머흐레라

반가온 매화ᄂᆞᆫ 어ᄂᆡ 곳에 픠엿ᄂᆞᆫ고

夕陽(석양)에 홀로 셔 이셔

갈 곳 몰라 하노라.

흰 눈이 녹아 없어진 골짜기에 구름이 가득하구나

(나를)반겨줄 매화(우국지사)는 어느 곳에 피어 있는가?

해 지는 곳에 홀로 서서 갈 곳을 모르겠구나.

白雪(백설)이 ᄌᆞᄌᆞ진 골에

구르미 머흐레라

반가온 매화ᄂᆞᆫ 어ᄂᆡ 곳에 픠엿ᄂᆞᆫ고

夕陽(석양)에 홀로 셔 이셔

갈 곳 몰라 하노라.

이색 고려 말의 학자, 삼은 중의 한 사람으로 우왕의 사부였다. 고려 말의 삼은은 목은 이색, 포은 정몽주, 야은 길재를 이르는 말이다.

망국의 슬픔과 신하된 도리를 표현

시조 형식이 완성된 시점이 고려가 망하고 조선이 새로 건국되는 시기라는 것을 눈여겨 볼 필요가 있어. 오백년 왕업이 무너지고 새로운 세력에 의해 국가가 세워지다 보니 할 말도 많고 사연도 많았겠어. 이 시기의 시조 가운데는 정치적 사연을 담고 있는 것들이 아주 많아. 고려 멸망과 조선의 개국 과정에서 옛 시절을 회고하거나 충절을 노래하는 시조가 여럿 나왔고 수양대군에 의한 계유정난을 전후해서는 사육신을 비롯한 수많은 지식인들이 자신의 신념을 드러낸 시조를 읊었단다.

'오백년 도읍지'는 고려의 옛 수도 송도를 가리켜. 길재, 원천석, 정도전은 고려의 신하들이었어. 나라는 망하고 없어도 산과 들은 그 자리에 있고 태평성대를 누리던 옛 궁궐터에 잡초만 무성하니 고려의 충신이었던 작가들에겐 저물어 가는 저녁 해가 더욱 쓸쓸하고 슬프게 느껴졌을 거야.

도읍지, 만월대, 산천, 선인교, 자하동 등은 구체적인 장소와 지명으로 고려의 번영했던 시절을 상징하고 있지. 사라져 버린 인걸, 꿈, 목동의 피리소리, 물소리는 허무한 상실감을 나타내. 아름답던 만월대에 풀만 무성하게 자라서 목동의 피리소리만 구슬프게 들리니 지는 해를 바라보며 화자는 눈물을 짓지 않을 수 없었겠지. 여기서 '석양'은 하루해가 저문다는 표현과 고려왕조의 몰락을 함께 뜻한다 하여 중의적 표현이라고 해.

옛 문학 작품에서는 임금의 총명을 가리는 간신을 구름에 비유하는 경우가 자주 있어. 간신 신돈의 그늘에서 벗어나지 못하는 임금을 걱정하는 시조가 이존오의 시조야. 이존오는 간신 신돈을 탄핵하려다 오히려 좌천되어 죽음을 택한 신하지.

이색의 시조에 나오는 구름은 간신은 아니지만 조선을 건국하려는 신흥세력이니 부정적 소재임은 틀림없어. 화자는 저물어 가는 나라, 석양 앞에서 갈 곳을 몰라 하는구나. 여기서 매화도 화자가 기다리는 우국지사들이나 국운을 되살릴 수 있는 좋은 기운을 말하는데 도무지 나타날 희망이 보이지 않으니 화자의 마음은 안타깝기만 해. 앞에 나왔던 '석양'이 여기도 나왔네. 구름, 햇빛, 석양, 매화 같은 시어들은 잘 새겨 놓도록 하자.

한 걸음 더

고려왕조를 회고하는 앞의 두 시조에 비해 정도전의 시조는 그 어조가 조금 다르단다. 정도전의 행적을 토대로 그 차이를 생각해 보면 어떨까.

금생여수(金生麗水) ㅣ라

– 박팽년

金生麗水(금생여수) ㅣ라
ᄒᆞᆫ들 물마다 金(금)이 나며
玉出崑崗(옥출곤강)이라 ᄒᆞᆫ들
뫼마다 玉(옥)이 날쏜야.
암으리 사랑이 重(중)타 ᄒᆞᆫ들
님마다 좃츨야.

여수(중국에서 금이 많이 나온다는 강)에서 금이 난다고 해서 물마다 금이 나며 곤강(옥이 많이 난다는 중국의 산)에서 옥이 난다고 해서 산마다 옥이 나겠는가. 아무리 사랑이 중요하다고 한들 임마다 다 따를 수 있겠는가?

金生麗水(금생여수) ㅣ라

흔들 물마다 金(금)이 나며

玉出崑崗(옥출곤강)이라 흔들

뫼마다 玉(옥)이 날쏜야.

암으리 사랑이 重(중)타 흔들

님마다 좃츨야.

박팽년 조선 전기의 문신으로 사육신의 한 사람이다. 단종 복위를 도모하다 체포되어 고문으로 옥중에서 죽었다.

방(房) 안에 혓는 촉(燭)불

— 이개

房(방) 안에 혓는 燭(촉)불

눌과 離別(이별)ᄒᆞ엿관ᄃᆡ,

것츠로 눈물 디고 속 타는 줄 모로는고

뎌 燭(촉)불 날과 갓트여

속 타는 줄 모로도다.

방 안에 켜 놓은 촛불은 누구와 이별하였기에,

겉으로 눈물을 흘리면서 속이 타 들어가는 줄도 모르는가.

저 촛불도 나와 같아서 (슬피 눈물 흘릴 뿐) 속이 타는 줄을 모르는구나.

房(방) 안에 혓는 燭(촉)불

눌과 離別(이별)ᄒᆞ엿관ᄃᆡ,

것츠로 눈물 디고 속 타는 줄 모로는고

뎌 燭(촉)불 날과 갓트여

속 타는 줄 모로도다.

이개 조선 세조 때 사육신의 한 사람으로 시와 글씨에 능했다. 훈민정음 창제에 관여했다.

삼동(三冬)에 뵈옷 닙고

– 조식

三冬(삼동)에 뵈옷 닙고

巖穴(암혈)에 눈비 마자

구름 낀 볏뉘도 쬔적이 업건마는.

西山(서산)에 히지다 ᄒᆞ니

눈물겨워 ᄒᆞ노라.

한겨울에 베로 지은 옷 입고, 바위굴에서 눈비를 맞고 있으며

(벼슬한 적 없이 산중에 은거한 몸이며)구름 사이로 비취는 햇볕도 쬔 적이 없지만(임금의 은혜를 입은 적이 없지만)

서산에 해가 졌다(임금이 승하하셨다는)는 소식을 들으니 눈물이 난다.

三冬(삼동)에 뵈옷 닙고

巖穴(암혈)에 눈비 마자

구름 낀 볏뉘도 쬔적이 업건마는.

西山(서산)에 히지다 ᄒᆞ니

눈물겨워 ᄒᆞ노라.

조식 조선 중기 이황과 어깨를 나란히 했던 영남 사림의 학자이다. 두 차례의 사화로 아버지가 귀향가고 집안이 어려움을 당하자 벼슬에 뜻을 접고 칩거했다. 이후에도 여러 벼슬에 임명됐지만 모두 거절하고 제자 양성과 학문에만 전념했다.

뉘라셔 가마귀를 검고

– 박효관

뉘라셔 가마귀를 검고
凶(흉)타 ᄒᆞ돗던고.
反哺報恩(반포보은)이
긔 아니 아름다온가.
ᄉᆞ룸이 져 ᄉᆡ만 못ᄒᆞ믈
못ᄂᆡ 슬허ᄒᆞ노라.

한겨울에 베로 지은 옷 입고, 바위굴에서 눈비를 맞고 있으며
누가 까마귀를 검고 흉측하다 했던가?
어버이의 은혜를 잊지 않는 효심이 어찌 아름답지 않은가?
사람이 저 새보다도 못함을 못내 슬퍼하도다.

뉘라셔 가마귀를 검고

凶(흉)타 ᄒᆞ돗던고.

反哺報恩(반포보은)이

긔 아니 아름다온가.

ᄉᆞ롬이 져 ᄉᆡ만 못ᄒᆞ믈

못ᄂᆞ 슬허ᄒᆞ노라.

박효관 조선 말기의 악공으로 고종 13년(1876년)에 제자 안민영과 함께 《가곡원류》를 편찬하였다.

반중(盤中)에 조홍(早紅)감이

– 박인로

盤中(반중)에 早紅(조홍)감이

고아도 보이ᄂᆞ다.

柚子(유자) 안이라도

품엄즉도 ᄒᆞ다마ᄂᆞᆫ

품어 가 반기리 업슬ᄉᆡ

글노 설워ᄒᆞᄂᆞ이다.

소반에 놓인 붉은 감이 곱게도 보이는구나.

비록 유자가 아니라도 품어 갈 만하지만,

품어 가도 반가워해 주실 부모님이 안 계시니 그것 때문에 서러워합니다.

盤中(반중)에 早紅(조홍)감이

고아도 보이ᄂᆞ다.

柚子(유자) 안이라도

품엄즉도 ᄒᆞ다마ᄂᆞᆫ

품어 가 반기리 업슬ᄉᆡ

글노 설워ᄒᆞᄂᆞ이다.

박인로 조선 중기의 문인으로 9편의 가사와 70여 수의 시조를 남겼다. 정철·윤선도와 더불어 조선 3대 시가인으로 불렸다. 대표작으로 〈반중 조홍 감이〉, 〈누항사〉 등이 있다.

유교 정신을 시조에 표현

조선은 새로운 국가를 세우면서 백성을 잘 다스리기 위해 충, 효를 바탕으로 하는 유교를 적극적으로 받아들였지. 그래서 왕성한 시조 활동을 한 사대부들이 지은 다양한 주제 가운데 빼놓을 수 없는 것이 임금과 신하의 충절의 노래와 백성을 훈계하는 노래야.

박팽년의 시조는 세조가 단종을 쫓아내고 왕위에 오르자 '금과 옥'을 통해 누구나 성군이 되는 것은 아님을 비유하면서 한 신하가 여러 임금을 섬길 수 없음을 노래한 거야. 방 안에 켜 놓은 촛불을 임과 이별하여 눈물 흘리는 여인에 비유하여 쓴 이개의 시조 역시 어린 단종이 영월로 유배를 떠날 때 신하의 애끓는 슬픔을 표현하였구나.

조선의 사대부들은 신하로서의 절개나 임금에 대한 사랑을 사군자(四君子)*나 자연물에 비유하여 자신의 감정을 드러내고는 했어.

조식은 산중에 은거하며 벼슬도 하지 않아 국록을 먹거나 임금의

* **사군자(四君子)** 매화 · 난초 · 국화 · 대나무를 일컫는 말로 덕과 학식을 갖춘 사람의 인품에 비유하여 사군자라고 부른다.
* **반포보은(反哺報恩)** 먹이를 돌려드림으로써 은혜에 보답함. 깊은 효심을 가리키는 말로 반포지효와 같은 뜻이다.
* **육적회귤(陸績懷橘)** '육적이 귤을 가슴에 품다'라는 뜻으로, 지극한 효성을 비유하는 말이다. 육적은 오나라 왕 손권의 참모를 지낸 사람이다.

은혜를 입은 바 없지만 임금이 승화하였다는 소식을 듣고는 베옷, 암혈, 볕뉘 등에 비유하여 신하로서 애도하는 마음을 담았어.

유교적인 노래는 임금에 대한 충성과 절개뿐만 아니라 효와 형제간의 우애, 도덕과 인륜 등을 담은 교훈의 노래가 많아. 까마귀의 예를 들어 효의 미덕이 사라져 가는 세태를 비판하고 있는 박효관의 시조는 어버이의 은혜를 잊지 않고 보답한다는 반포보은(反哺報恩)*의 고사를 떠올리면서 외양보다는 내면의 수양을 강조하고 있지. 박인로는 '오륜가'를 비롯한 수십 편의 시조와 가사작품을 남겼단다. '동기로~'는 임진왜란 등 전쟁으로 인하여 아우들과 헤어진 서글픈 심정을 해 지는 문 밖에서 한숨짓는 쓸쓸함으로 표현했어. '반중 조홍감~'은 상 위에 놓인 감이 탐스럽다는 생각에서 '육적회귤(陸績懷橘)*'이라는 부모에 대한 지극한 효성을 일컫는 고사를 떠올리고 이미 자신의 부모님은 돌아가셨음을 한탄하고 있어.

한 걸음 더

우리 시조에는 중국의 고사를 인용한 시가 자주 등장해. 여기 나온 고사 '육적회귤(陸績懷橘)'에 대한 이야기를 더 자세히 찾아보고 이 시조를 한 번 더 읽어보도록 하자.

이화(梨花)에 월백(月白) ᄒᆞ고

– 이조년

梨花(이화)에 月白(월백)ᄒᆞ고
銀漢(은한)이 三更(삼경)인 제,
一枝春心(일지춘심)을
子規(자규)ㅣ야 아랴마ᄂᆞᆫ,
多情(다정)도 병인 냥ᄒᆞ여
ᄌᆞᆷ 못 드러 ᄒᆞ노라

하얗게 핀 배꽃에 달빛이 환하게 비치고 은하수는 (돌아서)자정을 알리는 때에 배꽃 한 가지에 어려 있는 봄날의 정서를 소쩍새가 알고서 우는 것일 리 없지만 봄날의 애상도 병인 듯, 나는 잠을 이루지 못하고 있도다.

梨花(이화)에 月白(월백)ᄒᆞ고

銀漢(은한)이 三更(삼경)인 제,

一枝春心(일지춘심)을

子規(자규)ㅣ야 아랴마는,

多情(다정)도 병인 냥ᄒᆞ여

좀못 드러 ᄒᆞ노라.

이조년 고려 후기 충렬왕·충선왕·충숙왕·충혜왕 4대에 걸쳐 왕을 보필한 문신이자 학자다.

말 업슨 청산(靑山)이오

— 성혼

말 업슨 靑山(청산)이오,

態(태) 업슨 流水(유수) ㅣ로다.

갑 업슨 淸風(청풍)이오,

님ᄌ 업슨 明月(명월)이라.

이中(중)에 病(병)업슨

이 몸이 分別(분별) 업시 늘그리라.

말이 없는 청산이요, 꾸밈없이 흐르는 물이로다.

값을 치르지 않고도 누릴 수 있는 맑은 바람이요, 주인 밝은 달이로다.

이 아름다운 자연에 묻혀, 병 없는 이 몸이 걱정 없이 늙으리라.

말 업슨 靑山(청산)이오,

態(태) 업슨 流水(유수)ㅣ로다.

갑 업슨 淸風(청풍)이오,

님ᄌᆞ 업슨 明月(명월)이라.

이中(중)에 病(병)업슨

이 몸이 分別(분별) 업시 늘그리라.

성혼 조선 중기의 학자로 해동18현의 한 사람이다. 해동18현으로는 신라의 설총·최치원을 위시하여 고려의 안향·정몽주, 조선의 김굉필·정여창·조광조 등이 이에 속한다.

십 년(十年)을 경영(經營)ᄒᆞ여

– 송순

十年(십 년)을 經營(경영)ᄒᆞ여
草廬三間(초려삼간)지여내니
나 ᄒᆞᆫ 간 ᄃᆞᆯ ᄒᆞᆫ 간에
淸風(청풍) ᄒᆞᆫ 간 맛져 두고.
江山(강산)은 들일 듸 업스니
둘러 두고 보리라.

십 년 동안 계획하여 (마침내)초가삼간을 지어냈으니
내가 한 간, 달이 한 간, 맑은 바람이 한 간을 차지하고,
강과 산은 (집 안에)들여 놓을 데가 없으니 (집 밖에 병풍처럼)둘러 놓고 보리라.

十年(십 년)을 經營(경영)ᄒᆞ여

草廬三間(초려삼간)지여내니

나 ᄒᆞᆫ 간 ᄃᆞᆯ ᄒᆞᆫ 간에

淸風(청풍)ᄒᆞᆫ 간 맛져 두고.

江山(강산)은 들일 듸 업스니

둘러 두고 보리라.

송순 조선 중기의 문신으로 호는 면앙정이다. 말년에 전남 담양에 은거하면서 자연과 더불어 지내는 내용의 시가를 여러 편 지었다.

춘산(春山)에 눈 녹인 바름 건듯

– 우탁

春山(춘산)에 눈 녹인 바름 건듯
불고 간 듸 업다.
져근덧 비러다가 마리 우희 불니고져.
귀 밋틔 ᄒᆡ묵은 서리를 녹여
볼가 ᄒᆞ노라.

봄 산에 쌓인 눈을 녹인 바람이 잠깐 불고 어디론지 간 곳 없다
잠시 동안 (그 봄바람을 빌려다가) 내 머리 위에 불게 하고 싶구나
귀 밑에 해 묵은 서리(백발)를 (다시 검은 머리가 되게) 녹여 볼까 하노라.

春山(춘산)에 눈 녹인 바룸 건듯

불고 간 듸 업다.

져근덧 비러다가 마리 우희 불니고져.

귀 밋틔 히묵은 서리를 녹여

볼가 ᄒᆞ노라.

우탁 고려 충선왕 때의 학자로 정주학을 처음으로 연구하고 해득하여 후진을 가르쳤다.

대쵸 볼 붉근 골에

– 황희

대쵸 볼 붉근 골에

밤은 어이 뜨드르며,

벼 뷘 그르헤 게는 어니 ᄂᆞ리는고.

슬 닉쟈 체 쟝ᄉᆞ 도라가니

아니 먹고 어이리.

대추가 발갛게 익은 골짜기에 밤이 어찌 (익어) 뚝뚝 떨어지며
벼를 벤 그루에 어찌 논게까지 나와 기어 다니는가?
(마침 햅쌀로 빚어 담은) 술이 익었는데 체 장수가 (체를 팔고) 돌아가니,
(새 체로 술을 걸러서) 먹지 않고 어찌하리.

대쵸 볼 불근 골에

밤은 어이 쁘드르며,

벼 뷘 그르헤 게는 어니 나리는고.

슐 닉쟈 체 쟝스 도라가니

아니 먹고 어이리.

황희 고려 말에서 조선 초기의 문신. 세종시대라는 태평성대를 이끌었던 훌륭한 재상이자 정치가였지만 청탁을 좋아해 도덕적인 흠이 있었다는 평가를 받는다.

자연을 비유하여 인간의 삶을 대비

자연은 인간의 마음을 비춰주는 거울이 되어서 시조에서 여러 형태로 드러나고 있어.

달빛에 떨어지는 꽃잎이 하얀 눈처럼 보이는 깊은 밤에 새소리가 간혹 들리는 풍경을 상상해 보렴. 아름답고도 쓸쓸한 느낌이라고? 아름다움을 너무 흠뻑 느껴서 병인 것 같다고 표현한 심정도 조금은 이해가 되지?

산은 말이 없고, 물은 형태가 없으며 바람과 달은 임자가 없으니 자연과 벗이 되어 즐겁게 살겠다는 성혼의 시조는 어떤 느낌이니? 그야말로 달관의 경지에 도달한 선비의 작품이지.

강산을 병풍에 비유한 송순의 시조는 거의 절정이라고 볼 수 있어. 선비의 가난한 초가에는 나와 달, 바람이 들어갈 수 있는 세 칸 밖에 없으니 강과 산은 집 밖에 병풍처럼 둘러놓고 본다는 표현이 멋지지 않니? 선비들이 가난함 속에서도 자연을 벗 삼아 즐거움을 누렸던 안빈낙도*의 여유를 함께 누려볼 수 있는 시조란다.

우탁의 시조는 늙음을 한탄하는 탄로가야. 영원한 젊음과 아름다

* **안빈낙도** 가난하게 살면서도 편안한 마음으로, 하늘의 도리를 지키려는 삶의 철학이다.

움을 누리고자 하는 인간의 욕망을 그리고 있어. 드문드문 남아 있던 겨울눈을 솔솔 녹이는 따뜻한 봄바람을 빌려다가 내 귀밑에 있는 흰 머리를 녹여 볼까 하는 발상이 재미있어.

황희의 '대쵸 볼~' 은 농촌생활의 풍요로움과 흥겨움을 노래했어. 대추 볼이 붉어졌다고 의인화하여 자연과 인간이 어우러지는 멋을 잘 표현했지. 대추도 익고, 밤도 뚝뚝 떨어지고, 벼도 다 수확한 늦가을에 우리 문학에 간혹 등장하는 술이 익는 냄새를 상상해 보렴. 우리 조상들의 문학 작품 속에는 흥겨움을 더 하거나 갈등의 해소, 고된 노동을 잠시 잊기 위한 방법으로 '술'이 자주 등장하는데 이 또한 조상들의 낙천적인 풍류를 느끼게 하는 즐거움이라고 할 수 있어.

한 걸음 더

우리 시가 작품에는 자연과 인간이 하나 되거나 자연을 비유하여 인간의 삶을 대비하거나 풍자한 작품이 많이 있지. 시가 문학에서 자연을 대하는 여러 태도들을 살펴보도록 하자.

동지(冬至)ㅅ돌 기나긴 밤을

– 황진이

冬至(동지)ㅅ돌 기나긴 밤을
한 허리를 버혀 내여
春風(춘풍)니불 아릐 서리서리
너헛다가,
어론님 오신 날 밤이여든
구뷔구뷔 펴리라

동짓달 긴긴 밤의 한가운데를 베어내어,
봄바람처럼 따뜻한 이불 속에다 서리서리 넣어 두었다가,
정든 임이 오시는 밤이면 굽이굽이 펼쳐 내어 그 밤이 오래오래 새지 않도록 이으리라.

冬至(동지)ㅅ돌 기나긴 밤을

한 허리를 버혀 내여

春風(춘풍)니불 아릐서리서리

너헛다가,

어론님 오신 날 밤이여든

구뷔구뷔 펴리라.

황진이 조선 중기의 기녀이자 문학과 예능에 재주가 많았다. 시와 그림, 춤 외에도 성리학적 지식과 사서육경에도 해박하여 당대의 지식인들과 교류하였다.

어져 내 일이야 그릴 줄을 모로더냐

– 황진이

어져 내 일이야 그릴 줄을 모로드냐.

이시라 ᄒᆞ더면 가랴마ᄂᆞᆫ 제 구ᄐᆞ여

보내고 그리ᄂᆞᆫ 情(정)은

나도 몰라 ᄒᆞ노라.

아아, 내가 한 말이 후회스럽구나, 이렇게도 사무치게 그리워할 줄을 미처 몰랐더냐?
있으라 했더라면 임이 굳이 떠나시려 했겠느냐마는
내가 굳이 보내놓고는 이제 와서 새삼 그리워하는 마음은 나 자신도 모르겠구나.

어져 내 일이야 그릴 줄을 모로드냐.

이시라 ᄒᆞ더면 가랴마ᄂᆞᆫ 제 구ᄐᆡ여

보내고 그리ᄂᆞᆫ 情(정)은

나도 몰라 ᄒᆞ노라.

이화우(梨花雨) 흣쁘릴 제

– 계량

梨花雨(이화우) 흣뿌릴 제

울며 잡고 離別(이별)ᄒᆞᆫ 님,

秋風落葉(추풍낙엽)에

저도 날 ᄉᆡᆼ각ᄂᆞᆫ가

千里(천리)에 외로운 ᄭᅮᆷ만

오락가락 ᄒᆞ노매

배꽃이 비 내리듯 흩날리던 때 손 잡고 울며 헤어진 임,

가을바람에 낙엽 지는 지금 나를 생각하여 주실까?

천 리 길 머나먼 곳에 외로운 꿈만 오락가락 하는구나

梨花雨(이화우) 흣색릴 제

울며 잡고 離別(이별)혼 님,

秋風落葉(추풍낙엽)에

저도 날 싱각는가

千里(천리)에 외로운 숨만

오락가락 후노매

계량 조선 중기 때의 기생이며 호는 '매창'이다. 가사와 한시·시조·가무·가야금에 능했고 신사임당·허난설헌과 함께 조선 시대 3대 여류시인으로 평가받는다.

묏버들 갈히 것거 보내노라 님의손듸

— 홍랑

묏버들 갈히 것거 보내노라 님의손듸
자시는 窓(창) 밧긔 심거 두고 보쇼서
밤비예 새닙 곳 나거든
날인가도 너기쇼서

산에 있는 버들가지 중 아름다운 것을 골라 꺾어 임에게 보내오니,
주무시는 방의 창문가에 심어두고 보아 주십시오
행여 밤비에 새 잎이라도 나거든 마치 나를 보는 것처럼 여겨 주십시오

묏버들 갈히 것거 보내노라 님의손듸

자시는 窓(창) 밧긔 심거 두고 보쇼서

밤비예 새닙 곳 나거든

날인가도 너기쇼서

홍랑 조선 선조 때의 기생으로 당대 문장가였던 연인 최경창이 죽자 파주에서 무덤을 지켰고, 죽은 뒤 최경창의 무덤 아래 묻혔다는 일화로 유명하다.

솔이 솔이라 ᄒᆞ니 무슨 솔만 넉이ᄂᆞᆫ다

– 송이

솔이 솔이라 ᄒᆞ니 무슨 솔만 넉이ᄂᆞᆫ다.

千尋絶壁(천심절벽)에

낙락장송 내 긔로다.

길 알에 樵童(초동)의 졉낫시야

걸어 볼 쭐 잇시랴.

솔이 솔이라 하니 무슨 소나무로만 여기느냐.

천 길이나 높은 절벽 위에 우뚝 서 있는 굵고 큰 소나무, 그것이 바로 나로다.

길 아래로 지나가는 나무꾼 아이의 풀 베는 작은 낫 따위를 함부로 걸어 볼 수가 있으랴?

솔이 솔이라 한이 무슨 솔만 넉이난다.

千尋絶壁(천심절벽)에

낙락장송 내 긔로다.

길 알에 樵童(초동)의 졉낫시야

걸어 볼 쭐 잇시랴.

송이 조선 후기 때 활동했던 기녀로 알려진 바가 거의 없다. 시 한 수가 《해동가요》와 《가람본 청구영언》에 전한다.

사랑과 이별의 감정을 솔직하게 표현

조선 시대 기녀들은 비록 천민에 속하는 계급이었지만 학문을 비롯한 여러 예능을 선비들이나 양반 여인네들의 수준 이상으로 갖추고 있었지. 엄격한 유교의 영향으로 양반들은 사랑이나 그리움의 감정을 진솔하게 드러내지 못했으나 체면이나 가식을 부릴 필요가 없었던 기녀들은 상황이 달랐지.

황진이는 그중 가장 잘 알려진 사람이야. 봄밤은 짧고 겨울밤은 긴데, 임과 오래 있고 싶은 마음을 짧고 긴 시간만으로 비유한 것만이 아니라 그 시간들을 구체적인 사물로 표현하였어. 가위로 자르고 이불로 만들기도 한다는 발상이 기막히지? 긴 밤의 한 가운데를 확 잘라서 따뜻한 봄니불 속에 넣어두면 임이 오시는 날은 제일 길고 따뜻한 밤이 될 것이라는 여인의 애절하고 간절한 마음이 '서리서리', '구뷔구뷔' 같은 의태어로 분위기를 더욱 살려주고 있어.

'어져 내일이여~'라는 작품은 임을 떠나보내고 후회하는 심정을 노래했어. 화자는 떠나려는 임을 붙잡지 못했던 자신의 행동을 후회하면서 다시 임을 그리워하고 있어. 자존심과 사랑의 마음이 서로 갈등하는 한탄과 넋두리로 이루어진 노래야.

계량은 당시의 선비이자 시인이던 유희경과 사귀어 깊이 정들었는데 유희경이 서울로 돌아간 후 소식이 없자 이 노래를 짓고는 수절하였다고 전해져.

작품을 보면 하얀 배꽃이 비 내리 듯 흩날리는 봄에 임과 이별하고 있어. 가을이 되어 낙엽이 떨어지는데도 임은 소식이 없어. 임이 가신 먼 길은 천리나 되는데 임 향한 그리움은 매일 오락가락 한다는구나. 화자의 슬픈 감정이 봄에 비처럼 떨어지던 배꽃이 가을의 낙엽으로 지속되고 있어서 안타깝고 슬프네.

송이의 작품은 작가의 지조와 절개를 나타낸 독특한 시조란다. 비록 기생의 몸이지만 자신의 지조와 절개는 높은 절벽 위에 우뚝 서 있는 소나무와 같이 꿋꿋하다고 말하고 있어. 이름을 함부로 부르는 사내들에게는 마음을 주지 않을 뿐만 아니라 어울리지도 않겠다는 자부심과 자존심을 당당하게 드러내고 있단다.

한 걸음 더

송이의 시조에서 초장의 '솔'은 작가의 기명인 송이와 소나무를 뜻해. 그래서 지조를 나타내는 소나무와 잘 어울려 더욱 효과를 이루었어. 이러한 중의법의 효과를 다른 시가에서도 찾아 보고 감상해 보자.

강호사시가(江湖四時歌)

– 맹사성

春(춘)

江湖(강호)에 봄이 드니

미친 興(흥)이 절로 난다.

濁醪溪邊(탁료계변)에

錦鱗魚(금린어) l 안주로다.

이 몸이 閑暇(한가)ᄒᆞ옴도

亦君恩(역군은)이샷다.

夏(하)

江湖(강호)에 녀름이 드니

草堂(초당)에 일이 없다.

有信(유신)ᄒᆞᆫ 江波(강파)ᄂᆞᆫ 보내ᄂᆞ니

ᄇᆞ람이다.

이 몸이 서ᄂᆞᆯᄒᆞ옴도

亦君恩(역군은)이샷다.

秋(추)

江湖(강호)에 ᄀᆞ올이 드니

고기마다 ᄉᆞ져 있다.

小艇(소정)에 그믈 시러

흘리 ᄠᅴ여 더뎌 두고.

이 몸이 消日(소일)ᄒᆞ옴도

亦君恩(역군은)이샷다.

冬(동)

江湖(강호)에 겨월이 드니

눈 기픠 자히 남다.

삿갓 빗기 쓰고 누역으로 오슬 삼아,

이 몸이 칩지 아니ᄒᆞ옴도

亦君恩(역군은)이샷다.

봄

(선비가 물러나 사는)자연에 봄이 오니 참을 수 없는 흥이 저절로 나는구나.

막걸리를 마시며 노는 시냇가에 싱싱한 물고기가 안주구나.

이 몸이 이렇게 한가하게 지내는 것도 또한 임금님의 은혜이시도다.

여름

자연에 여름이 오니 별채에 있는 이 몸이 할 일이 없구나.

신의(信義) 있는 강 물결이 보내는 것은 (시원한 강) 바람이다.

이 몸이 이렇게 시원하게 지내는 것도 또한 임금님의 은혜이시도다.

가을

자연에 가을이 오니 물고기마다 살이 올랐다.

작은 배에 그물을 싣고, 물결 따라 흘러가게 배를 띄우고 그물을 걸어 놓으니,

이 몸이 이렇게 한가하게 세월을 보내는 것도 또한 임금님의 은혜이시도다.

겨울

자연에 겨울이 오니 쌓인 눈의 깊이가 한 자를 넘는다.

삿갓을 비스듬히 쓰고 도롱이를 둘러 입으니,

이 몸이 이렇게 춥지 않게 지내는 것도 또한 임금님의 은혜이시도다.

맹사성 조선 세종 때 청백리이며 최고의 재상으로 추앙받았던 문신이다.

春(춘)

江湖(강호)에 봄이 드니

미친 興(흥)이 절로 난다.

濁醪溪邊(탁료계변)에

錦鱗魚(금린어) l 안주로다.

이 몸이 閑暇(한가)ᄒᆞ옴도

亦君恩(역군은)이샷다.

夏(하)

江湖(강호)에 녀름이 드니

草堂(초당)에 일이 업다.

有信(유신)ᄒᆞᆫ 江波(강파)ᄂᆞᆫ

보내ᄂᆞ니 ᄇᆞ람이다.

이 몸이 서ᄂᆞᆯᄒᆞ옴도

亦君恩(역군은)이샷다.

秋(추)

江湖(강호)에 ᄀᆞ을이 드니

고기마다 ᄉᆞᆯ져 있다.

小艇(소정)에 그믈 시러

흘리 ᄠᅴ여 더뎌 두고.

이 몸이 消日(소일)ᄒᆞ옴도

亦君恩(역군은)이샷다.

冬(동)

江湖(강호)에 겨월이 드니

눈 기픠 자히 남다.

삿갓 빗기 쓰고 누역으로

오슬 삼아,

이 몸이 칩지 아니ᄒᆞ옴도

亦君恩(역군은)이샷다.

오우가(五友歌)

— 윤선도

내 버디 몇치나 ᄒᆞ니 水石(수석)과

松竹(송죽)이라.

東山(동산)에 ᄃᆞᆯ 오르니

긔 더욱 반갑고야.

두어라 이 다ᄉᆞᆺ 밧긔

또 더하면 무엇ᄒᆞ리

구름 비치 조타 ᄒᆞ나

검기를 ᄌᆞ로 ᄒᆞᆫ다.

ᄇᆞ람 소리 ᄆᆞᆰ다 ᄒᆞ나 그칠 적이 하노매라.

조코도 그칠 뉘 업기ᄂᆞᆫ 믈뿐인가 ᄒᆞ노라.

고즌 므스 일로 퓌면셔 쉬이 디고,
플은 어이ᄒᆞ야 프르ᄂᆞᆫ ᄃᆞᆺ 누르ᄂᆞ니,
아마도 변티 아닐손 바회뿐인가 ᄒᆞ노라.

더우면 곳 퓌고 치우면 닙 디거ᄂᆞᆯ,
솔아 너ᄂᆞᆫ 얻지 눈서리ᄅᆞᆯ 모ᄅᆞᄂᆞᆫ다.
九泉(구천)에 불휘 고ᄃᆞᆫ 줄을
글로 ᄒᆞ야 아노라.
나모도 아닌 거시, 플도 아닌 거시,
곳기ᄂᆞᆫ 뉘 시기며, 속은 어이 뷔연ᄂᆞᆫ다.
뎌러코 四時(사시)예 프르니

그를 됴하ᄒᆞ노라.

쟈근 거시 노피 ᄯᅥ서

萬物(만물)을 다 비취니

밤듕의 光明(광명)이

너만ᄒᆞ니 ᄯᅩ 잇ᄂᆞ냐.

보고도 말 아니ᄒᆞ니 내 벋인가 ᄒᆞ노라.

나의 벗이 몇인가 헤아려 보니, 물과 돌과 소나무와 대나무로다.

동쪽 산에 달이 오르니 그것이 더욱 반가운 일이로구나!

그만두자, 이 다섯 외에 (또 다른 것을) 더 하여 무엇하리.

구름의 빛깔이 깨끗하다고 하나 검기를 자주 한다.

바람소리 맑다고 하나 그칠 때가 많도다.

깨끗하고도 그칠 때가 없는 것은 물뿐인가 하노라.

꽃은 무슨 일로 피자마자 곧 져 버리고,

풀은 어찌하여 푸르러지자마자 곧 누런 빛을 띠는가?
아마도 변치 않는 것은 바위뿐인가 하노라.

더우면 꽃 피고 추우면 잎 지거늘
솔아, 너는 어찌 눈서리를 모르느냐?
깊은 땅속까지 뿌리가 곧은 줄을 그것으로 미루어 알겠노라.

나무도 아닌 것이, 풀도 아닌 것이
곧게 자라기는 누가 시켰으며, 속은 어찌 비었느냐?
저러고도 사시사철 푸르니 그를 좋아하노라.

작은 것이 높이 떠서 만물을 다 비추니
한밤중에 밝은 것이 너만 한 것이 또 있겠느냐?
보고도 말을 하지 않으니 내 벗인가 하노라.

내 버디 몇치나 ᄒᆞ니

水石(수석)과 松竹(송죽)이라.

東山(동산)에 ᄃᆞᆯ 오르니 긔 더욱 반갑고야.

두어라 이 다ᄉᆞᆺ 밧긔 또 더하면 무엇ᄒᆞ리

구름 비치 조타 ᄒᆞ나 검기ᄅᆞᆯ ᄌᆞ로 ᄒᆞᆫ다.

ᄇᆞ람 소리 ᄆᆞᆰ다 ᄒᆞ나 그칠 적이 하노매라.

조코도 그칠 뉘 업기ᄂᆞᆫ 믈ᄲᅮᆫ인가 ᄒᆞ노라.

고즌 므스 일로 퓌며셔 쉬이 디고,

플은 어이ᄒᆞ야 프르ᄂᆞᆫ ᄃᆞᆺ 누르ᄂᆞ니,

따라 써 보세요

아마도 변티 아닐손

바회뿐인가 ᄒᆞ노라.

더우면 곳 퓌고 치우면 닙 디거놀,

솔아 너는 얻니 눈서리롤 모르는다.

九泉(구천)에 불휘 고든

줄을 글로 ᄒᆞ야 아노라.

나모도 아닌 거시, 플도 아닌 거시,

곳기는 뉘 시기며, 속은 어이 뷔연는다.

뎌러코 四時(사시)예 프르니

그를 됴하ᄒᆞ노라.

쟈근 거시 노피 ᄯᅥ서

萬物(만물)을 다 비취니

밤듕의 光明(광명)이 너만ᄒᆞ니 ᄯᅩ 잇ᄂᆞ냐.

보고도 말 아니ᄒᆞ니 내 벋인가 ᄒᆞ노라.

윤선도 조선 중기, 후기의 시인이자 문신·정치인이자 음악가이다. 호는 고산이고 정철, 박인로, 송순과 함께 조선 시조시가의 대표적인 인물로 손꼽히며, 오우가와 유배지에서 지은 시인 어부사시사로 유명하다.

자연과 벗하며 살아가는 소박한 생활을 노래

평시조는 제목 없이 한 편의 단형 시조로 노래한 데 비해 〈강호사시사〉, 〈오우가〉 같은 연시조는 한 제목 아래 적게는 4편에서 많게는 40편까지 평시조를 이어서 쓴 노래야.

맹사성이 벼슬에서 물러나 고향에서 자연과 벗하며 지내면서 지은 〈강호사시사〉는 조선 세종 때 작품으로 우리나라 최초의 연시조란다. 전체 4수로 봄의 흥겨움, 여름의 한가로움, 가을의 고기잡이, 겨울의 설경 등을 배경으로 자연을 즐기면서 사는 소박한 강호의 생활을 묘사한 뒤 종장에서 임금의 은혜에 감사하는 방식으로 정리했어.

4연 모두 '강호에'로 시작해서 '역군은'으로 끝을 맺는 형식의 통일을 이루었고 이런 형식은 이후 다른 연시조에도 영향을 주었단다. 형식적 통일성은 변함없는 자연의 조화와 임금의 끝없는 은혜를 드러내기 위한 것이라고 할 수 있어.

이렇게 조선 시대 시가 문학에 널리 나타난 자연예찬의 문학을 '강호가도(江湖歌道)'의 노래라고 해. 대표적인 노래로 맹사성의 〈강호사시사〉, 윤선도의〈어부사시사〉, 정극인의〈상춘곡〉 등이 있어.

서사를 포함하여 전체 6수인 윤선도의 〈오우가〉는 물, 돌, 소나무, 대나무, 달 등의 다섯 가지 자연물을 벗이라 표현하면서 그것의 미덕을 예찬하고 있단다.

1연은 서사에 해당하는 부분으로 뒤에 나올 다섯 가지 소재를 미리 소개하는 역할을 해. '구름 빛이'로 시작하는 2연은 깨끗해 보이지만 실은 검게 변할 때가 잦은 구름과 맑은 소리를 내지만 그칠 때가 많은 바람에 대조하여, 맑고 깨끗하면서도 변함이 없는 물을 예찬하고 있단다.

3연은 꽃과 풀의 생명이 짧은 것과 대조하여 바위의 변하지 않음을 찬양하고 있지. 4연은 추운 겨울에도 푸름을 잃지 않는 소나무의 꿋꿋한 절개를 노래해. 5연의 대나무는 사계절 내내 푸르면서 눈이 와도 부러지지 않고 꼿꼿이 서 있는데 속은 비어 있는 특성으로 선비의 곧은 절개와 겸손을 상징하고는 해.

그렇다면 6연의 말없이 온 세상을 비추는 달은 무얼 의미할까. 아마 이전의 사물들보다는 조금 더 높은 위치에 있는 임금이나 화자가 선망하는 대상이겠지.

한 걸음 더

고전시가에 나오는 여러 개의 〈어부가〉를 찾아보고 양반들의 '강호가도' 작품과 평민들의 일상에 담긴 자연의 노래를 비교해 보자.

님이 오마 ᄒᆞ거ᄂᆞᆯ 져녁밥을 일지어 먹고

– 작자 미상

님이 오마 ᄒᆞ거ᄂᆞᆯ 져녁밥을 일지어 먹고

中門(중문)나서 大門(대문)나가 地方(지방) 우희

치ᄃᆞ라 안자 以手(이수)로 加額(가액)ᄒᆞ고 오

ᄂᆞᆫ가 가ᄂᆞᆫ가 건넌 山(산) ᄇᆞ라보니 거머흿들 셔

잇거ᄂᆞᆯ 져야 님이로다. 보션 버서 품에 품고 신

버서 손에 쥐고 겻븨님븨 님비곰븨 쳔방지방

지방쳔방 즌듸 ᄆᆞ른 듸 ᄀᆞᆯ희지 말고

워렁충장 건너가셔 情(정)엣말 ᄒᆞ려 ᄒᆞ고 겻

눈을 흘긧보니 上年(상년) 七月(칠월) 사흔날

ᄇᆞᆯ가벅긴 주추리 삼대 ᄉᆞᆯ드리도 날 소겨다.

모쳐라 밤일싀망정 힝혀 낫이런들 놈 우일 번 ᄒᆞ괘라.

임이 오겠다고 하여, 저녁밥을 일찍 지어 먹고,
중문을 지나 대문 앞에나가 문지방에 올라앉아 손을 이마에 대고, 오는가 가는가(보려고) 건너편 산을 바라보니, 어슴푸레하게(누군가가) 서 있는 모습이 보이기에, 저것이 임이구나(하고 생각하고), 버선 벗어 품에 품고 신 벗어 손에 쥐고, 천방지축으로 허둥대며 진 땅과 마른 땅을 안 가리고 후다닥 건너가서, 정다운 말을 하려고 곁눈으로 흘깃 보니 작년 칠월 사흗날에 벗겨 놓은 가늘고 긴 삼대가 잘도 날 속였구나.
마침 밤이기에 망정이지, 행여 낮이었다면 다른 사람들이 나를 비웃을 뻔했구나.

ᄒᆞᆫ눈 멀고 ᄒᆞᆫ 다리 저는 두터비
셔리마즌 전ᄑᆞ리 물고 두엄 우희 치다라 안자,
건넌산 ᄇᆞ라보니 白松骨(백송골)리 ᄯᅥ 잇거ᄂᆞᆯ
가슴이 금죽ᄒᆞ여 플ᄯᅥᆨ ᄯᅱ여

내닫다가 그 아ᄅᆡ 도로 잣바지거고나.

모쳐라 ᄂᆞᆯ낸 낼싀만졍 힝혀 鈍者(둔자)ㅣ런들

어혈질 번ᄒᆞ괘라.

한 눈 멀고 한 다리 저는 두터비(부패한 양반관리, 탐관오리)가 서리 맞은 파리(힘없는 백성)를 물고 두엄 위에 치달아 앉아,

건넛산을 바라보니 백송골(송골매, 더 힘이 강한 자)이 떠 있어서 깜짝 놀라 풀쩍 뛰다가 그 아래 도로 자빠졌구나.

(그러고는 하는 말이) “아차차, 날쌘 나이니까 망정이지(이만하지), 행여 둔한 놈 같았으면 (잘못 넘어져서) 피멍이 들 뻔했구나.”

窓(창)내고쟈 창을 내고쟈 이 내 가슴에

창 내고쟈.

고모장지 셰살장지 들장지 열장지

암돌져귀 수돌져귀 ᄇᆡ목걸새 크나큰 쟝도리로

둑닥 바가 이 내 가슴에

창 내고쟈

잇다감 하 답답홀 제면 여다져

몰가 ᄒᆞ노라.

창 내고자 창을 내고자 이 내 가슴에 창 내고자

고모장지, 세살장지, 들장지, 열장지, 암돌쩌귀, 소돌쩌귀, 배목걸새, 크나큰 장도리로 뚝딱 박아 이 내 가슴에 창 내고자.

이따금 너무 답답할 때면 여닫아 볼까 하노라.

님이 오마 ᄒᆞ거ᄂᆞᆯ 져녁밥을 일지어 먹
고 中門(중문)나서 大門(대문)나가
地方(지방) 우희 치ᄃᆞ라 안자 以手
(이수)로 加額(가액)ᄒᆞ고 오ᄂᆞᆫ가 가ᄂᆞᆫ
가 건넌 山(산) ᄇᆞ라보니 거머흿들 셔
잇거ᄂᆞᆯ 져야 님이로다.

보션 버서 품에 품고 신 버서 손에
쥐고 겻븨님븨 님비곰븨 쳔방지방
지방쳔방 즌듸 ᄆᆞ른 듸 ᄀᆞᆯ희지 말고
워렁충장 건너가셔 情(정)엣말 ᄒᆞ려

ᄒᆞ고 견눈을 흘긧보니

上年(상년) 七月(칠월)

사흗날 불가벅긴 주추리 삼대

솔드리도 날 소겨다.

모쳐라 밤일싀망정 항혀 낫이런들 놈

우일 번 ᄒᆞ괘라.

ᄒᆞᆫ눈 멀고 ᄒᆞᆫ 다리 저는 두터비 셔리

마즌 전ᄑᆞ리 물고 두엄 우희 치다라

안자,

건넌산 ᄇᆞ라보니 白松骨(백송골)리

ᄯᅥ 잇거ᄂᆞᆯ 가ᄉᆞᆷ이 금죽ᄒᆞ여 플ᄯᅥᆨ ᄯᅱ

어 내ᄃᆞᆮ다가 그 아ᄅᆡ 도로 잣바지거

고나.

모쳐라 ᄂᆞᆯ낸 낼싀만졍 힝혀 鈍者(둔

자)ㅣ런들 어혈질 번ᄒᆞ괘라.

窓(창)내고쟈 창을 내고쟈 이 내 가

슴에 창 내고쟈.

고모장지 셰살장지 들장지 열장지

암돌져귀 수돌져귀 비목걸새 크나

큰 쟝도리로 뚝닥 바가 이 내 가슴

에 창 내고쟈

잇다감 하 답답흘 제면 여다져 볼가

흐노라.

이해와 감상

위트와 풍자, 해학과 낙천성을 담은 노래

사설시조는 이전의 평시조와는 형식과 내용, 작가 층까지 완전히 다른 모습이란다. 평시조의 3장체를 유지하면서 대책 없이 길어진 중장에는 열거법, 대화법, 언어 유희 등으로 직설적인 표현을 해. 조선 전기의 점잖은 사대부 시조들과는 확연히 다르지? 사설시조의 작가들은 주로 평민들이나 중인들이었어. 서민적인 소재로 솔직하게 애정을 표현하고 거리낌 없는 폭로와 사회비판 등을 다루다보니 자신의 신분을 드러내지 않은 '작자 미상'의 작품도 많아.

'님이 오마 하거늘'은 임에 대한 애정을 진솔하고 소박하게 표현한 작품인데 대문에서 임을 기다리다가 멀리 보이는 '수수리 삼대'를 임으로 착각하여 신발과 버선을 벗어 들고 뛰어. 종장에서 실망하기 보다는 오히려 밤이라 다행이라며 웃는 모습을 통해 사설시조를 감상하는 즐거움을 알게 해준단다. 고단하고 어려운 처지에서도 웃음의 요소를 찾아 해소하고 달래었던 우리 조상들의 해학과 낙천성을 보며 긍정의 에너지를 얻을 수 있을 거야.

힘없는 백성 '파리'에게는 강하면서도, 자기보다 강한 자 '송골매'에게는 꼼짝 못하는 '두꺼비'는 조선 후기의 부패한 벼슬아치와 무능한 양반을 비유하고 있어. 이들은 두엄 아래 자빠져서도 정신을 못 차리고 말도 안 되는 소리로 체면치레, 잘난 체를 하는데 이것은 오히려 더 웃음거리가 되고 말아.

내 가슴에 창문을 내어 튼튼하게 문까지 뚝딱 박아서 답답할 때면 열었다 닫았다 하고 싶다는 '창 내고쟈'는 생활이 고달픈 서민이나 시집살이 하는 여인네들의 심정을 대변한다고 볼 수 있어. 얼마나 답답했으면 가슴에 창문을 내어 열고 싶다는 생각을 했을까. 여기 중장에 나오는 '고모장지, 세 살장지… 등은 장지문의 종류와 그 부속품들을 길게 나열한 것인데 뜬금없다고 느낄 수 있겠지만 답답한 마음을 수다로 풀면서 조금이나마 해소한다는 의미로 이해하면 돼. 이처럼 사설시조는 거칠고도 활기찬 표현을 통해 웃음을 주고 현실의 모순을 날카롭게 비판하고 있는 매력적인 시가란다.

한 걸음 더

사설시조는 진솔하고 거침없는 표현과 지배계층에 대한 비판과 풍자로 '작자 미상'인 경우가 많아. 오늘날 우리가 남기는 실명 비공개 댓글이 기록으로 남아 훗날에 전해진다면 어떠한 글들이 남아서 전해질지 한 번 생각해 보렴.